倖せの一膳

小料理のどか屋 人情帖2

倉阪鬼一郎

時代小説
二見時代小説文庫

目次

倖せの一膳――小料理のどか屋 人情帖2

第一話　倖せの一膳

一

神田の三河町《みかわちょう》、その目立たない通りに、さりげなくのれんが掛かっている。のどか、と染め抜かれたのれんは藍染《あいぞめ》だが、あまりにも色合いが深いため、西日が当たるときしか青く見えない。

そののれんをはらりと分けて、今日もなじみの顔が見世《みせ》に姿を現す。

のどか屋は小料理屋だ。番付に載るような名の通った見世ではない。江戸の片隅でひっそりと咲く野菊のような構えだった。

あるじは時吉《ときよし》。

元は武家だが、わけあって刀を捨て、包丁に持ち替えた。

ともに手伝っているのは、おちよ。

時吉の師の長吉《ちょうきち》の娘で、こちらもわけあって婚家から戻り、師匠の名代《みょうだい》として弟子の見世を盛り立てている。

厨《くりや》の前には、檜《ひのき》の一枚板がしつらえられていた。常連の客がその前に座り、包丁を操る料理人の手元を見ながら食事ができるように按配するのは、師の長吉の才覚だ。

弟子の見世は、どこも同じ造りになっている。

あとは小上がりの座敷、時分どきに急《せ》いている客がわしわしと飯をかきこむ茣蓙《ござ》を敷いた土間、逆にしっぽりと呑める二階の座敷が一間、これだけの小体《こてい》な構えだった。

その一枚板の席に、渋い柿色の十徳を着た好々爺《こうこうや》の顔があった。

大橋季川《おおはしきせん》は楽隠居の俳人で、おちよの師匠に当たる。おちよも折にふれて季節の俳句を詠む。

「紅葉見物の弁当は、かえってむずかしくないかい？」

季川は時吉にたずねた。

「紅葉見物どころか、どの弁当もむずかしいですよ。彩《いろど》りがあって、冷えても味がしっかりしていて、少々揺れても崩れず……といった勘どころがいろいろとありますから」

「なるほど。で、その彩りだけど、紅葉を食うほど派手な弁当だとかえってつや消しじゃなかろうかと思ってね」

「そんな、紅葉より彩りのある弁当なんて無理ですよ、師匠」

おちよが笑う。

「そうかい？　時吉さんはめきめき腕を上げてるから、紅葉も青ざめるような品をつくるんじゃないかと」

「青ざめるかどうかは分かりませんが、近々、婚礼の仕出しがあるもので、彩りのある料理をとあれこれ考えてます」

「ああ、升屋《ますや》さんのとこだね」

隠居はただちに名をあげた。

升屋は町内の蠟燭《ろうそく》問屋だ。いまの弥助《やすけ》の代になって身代をひと回り大きくした。以前はくすんだ木の板の看板だったのに、いまは蠟燭をかたどった火の入る吊り看板になり、小ぶりだが千鳥破風《ちどりはふ》の屋根までついている。

清浄
問屋

看板には、そう記されていた。

何の問屋であるかは、形を見れば一目瞭然というわけだ。

その升屋の跡取り息子の利助《りすけ》が、このたびめでたく嫁を娶《めと》ることになった。

相手は、青物町《あおものちょう》の糸物問屋・綾瀬屋《あやせや》の次女のおすみだった。こちらもなかなかの老舗《しにせ》で、組みひもなどの細工ぶりには定評があって、遠くから求めに来る者も多い。

両家の釣り合いには申し分がなかった。

「升屋の旦那にはごひいきをいただいているので、精一杯のものをお出ししたいところなんですが……」

時吉の言葉は、やや歯切れが悪かった。

「何か引っかかりでもあるかい」

「引っかかりってわけじゃないんですが、かかりをなるたけ抑えて、祝いの膳を彩り豊かに、めでたくつくってくれというお話で」

「はは、升屋さんらしいや。その心構えがなけりゃ、身代《しんだい》は大きくできないね」

「それはまあ」

時吉は苦笑を浮かべて、小上がりの座敷のほうをちらりと見た。

そちらにも客がいる。おちよの酌を受けて、富士講の仲間とおぼしい連中が機嫌よく呑んでいた。

「ただ、その升屋さんだがね」

隠居はいくぶん声を落とした。「こないだ、道ですれ違ったときは、馬鹿に暗い顔をしていてね」

「ほう、なぜでしょう」

烏賊《いか》の彩り焼きをつくりながら、時吉は言った。

もう下ごしらえは終わっている。いまは串を打って平たくした烏賊に、玉子の黄身を溶いたものをていねいに塗っているところだった。

「見世ははやってるし、息子さんは晴れて嫁御《よめご》を迎える。いいことずくめのはずなんだがねえ。わたしが声をかけても、すぐ気がつかなかったくらいで。あの道は、青物町からの帰りだと思うんだが」

「すると、綾瀬屋さんの」

一枚板の席の客と話をしながら、時吉は料理をつくる手を動かした。

「おそらくそうだと思うんだ。わたしの目には、升屋さん、何か悩みごとがあるように見えたんだが」

「まさか、縁がこじれたなどということは……」

「それはなかろうよ」

季川はたちどころに言って、盃を口元に運んだ。「もともと、升屋の若旦那が往来で向こうの娘さんを見初《みそ》めて、恋わずらいみたいになっちまったんだ。そこで、綾瀬屋へ話を持ちかけたところ、なんとまあ、娘さんのほうも似たような恋わずらいっていう寸法だ。こんなに平仄《ひょうそく》の合うことも珍しいっていう、もっぱらの評判だった」

「そうだったんですか。それは初耳でしたね」

時吉は串を持ち、火の按配に気をつけながら烏賊を焼きはじめた。

ちょうどいい加減の火にあぶられると、玉子の黄身を塗られた表面は、ただの黄色から山吹色へとつややかに変わっていく。

「ここの帰りに、升屋さんと道々話をしたことがあるんだよ。あれものろけのうちに入るのかどうか、とにかくうれしそうに打ち明けてくれた。ま、そんなわけで、仲がこじれるなんてことは万に一つもなかろうよ」

「とすると、あきないのからみで何か屈託《くったく》でもあるんでしょうか」

烏賊はいい具合に焼けた。

さっと串を抜き、食べよい大きさに切っていく。

「それもどうかねえ。升屋さんは名にし負う倹約家で、いたって手堅いあきないをしているようだ。お寺さんなどの客筋はいいし、ありゃあ見世売りの客も入る構えだよ。とても屈託があるとは思えないんだがねえ。……お、景色《けしき》が浮かんできたね」

隠居が声をかけたとき、おちよが座敷から戻ってきた。

「初めは二色《ふたいろ》だったんですよ、それ」

と、皿を指さす。

「青海苔を振っただけじゃ、いま一つ物足りなかったんですが、おちよさんに色を添えてもらって景色になりました」

時吉はそう言って、刻んだ紅生姜《べにしょうが》をさらりと散らした。

それだけなら地味な笠間《かさま》の浅皿の上で、山吹と緑と赤の三色《みいろ》がそろった。

「お待ちどおでございます」

「や、こりゃ箸をつけるのがもったいないね」

「なら、師匠、ここで一句」

おちよが水を向ける。

「はは、詠むまでおあずけかい。そりゃ、ちと殺生《せっしょう》じゃないか」

そう言いながらも、季川はいつもふところに忍ばせている矢立《やたて》に手を伸ばした。おちよが紙を渡す。

ややあって、隠居はうなるような達筆で一句したためた。

秋うらら皿の上なる花菜いろ

「季が混じってるが、出来端《できばな》を詠んだんだから、このあたりで勘弁しておくれ」

「烏賊が菜の花に化けましたね」

と、時吉。

「いちめんの菜の花畑の景色だよ。婚礼の料理も、こういう彩りがいいやね」

隠居はそう言って、ようやく箸を伸ばした。

二

升屋弥助が浮かぬ顔をしていたわけは、翌《あく》る日にわかった。ほかならぬ弥助がのどか屋に顔を見せたのだ。

時分どきを外し、檜の一枚板の席に座った弥助は、まず茶を一杯所望した。酒は体が受けつけないらしい。

「ご婚礼の献立につきましては、だいたい肚《はら》がかたまってきました」

時吉は笑顔で言ったが、弥助は晴れた顔にはならなかった。

「その件なんだがねえ、のどか屋さん」

升屋のあるじは、申し訳なさそうな表情になった。

「まさかとは思いますが、その……破談になってしまったとか」

声の調子がいくらか変わった。座敷で片付け物をしていたおちよが、驚いたように時吉を見る。

「破談ってわけじゃないんだが」

出された茶を一口呑み、板の上にゆっくりと湯呑みを置くと、弥助は思い切ったように続けた。「綾瀬屋さんのほうから、こたびの婚礼は先延ばしにしてほしいという話があったんだ。もしのどか屋さんが早々と仕込みをされてるのなら困ると思ってね」

「うちはいいのですが、いったいどういうわけで？」

「実は……」

案じ顔で近づいてきたおちよのほうをちらりと見てから、弥助はいきさつを語りはじめた。

「向こうのおさきさんが体を悪くしてね。初めは風邪という診立てだったらしいんだが、どんどんいけなくなって、いまじゃ床から起き上がることもできないらしい。なんとか本復《ほんぷく》しておくれでないかと、綾瀬屋さんのほうじゃいろいろと神信心をなすったそうなんだが、お百度の験《げん》も表れず、おさきさんの具合は悪くなるばかりで……これはとても輿入《こしい》れはむずかしいと、先様《さきさま》のほうから丁重な断りのあいさつがあってね」

「まあ、それはお気の毒に……」

おちよが顔を曇らせる。

「上方《かみがた》のほうじゃコロリがはやってるみたいですが、それとは違う病《やまい》のようなんです。いずれにしても、芳《かんば》しからぬ容態で」

話がとぎれ、場が重くなった。

茶だけではと時吉が水を向けたが、弥助も土間に控えている手代も固辞した。どうも食い物も喉を通っていかないらしい。

「それで、若旦那のほうはいかがなんでしょう」

　時吉が問うと、弥助の憂色はさらに濃くなった。

「それなんだよ。もともと恋わずらいにかかったようなやつだ。気はやさしいんだが、身代を背負っていくにはちと頼りなくてね。ま、それはいいとして……おさきさんが病の床に伏してからは、なんというか、心ここにあらずでねえ」

「そりゃあ、無理もない話で」

「まあ、当人の気持ちを考えたらそうなんだが、心配でたまらないらしく、げっそりとやせちまって。このままじゃ、おまえまで倒れてしまうと言ってるんだが」

「で、医者の診立てはどうなんです？」

「そこまでは聞いてないんだが、ひどく重いらしいんだ。たとえ輿入れできたとしても、その晩からずっと床に伏すことになる。嫁らしいことは何一つできない。それはあまりにも申し訳がないと綾瀬屋さんはおっしゃるんだが、息子はそれでもいい、おさきさんの顔が見たいと……」

　弥助は茶を呑み干した。

　一枚板に置かれた湯呑みをおちよがさりげなく手に取り、代わりを注ぐ。

「あんまり案じられるから、綾瀬屋さんへ看病に行くと言って聞かないんだよ、あいつは。そのまま居座って婿に入りかねない勢いだ。そんなことをされたら、綾瀬屋さんだってずいぶんと迷惑だよ。あちらさんにも跡取り息子がいらっしゃるんだから。……や、こりゃすまないね」

おちよに礼を言い、湯呑みを受け取ると、よほど喉が渇くのか、弥助はすぐさま呑みはじめた。

「ま、そんなわけで、せっかく日取りまで決まっていた祝言《しゅうげん》だが、先延ばしということに……」

「そうですか……それはなんとも」

「清斎《せいさい》先生はいかがでしょう。ひと肌脱いでいただくわけには」

時吉が言いよどんだところで、おちよが口をはさんだ。

「ああ、もし先方の許しがあれば、それはいいかもしれません。おさきさんが快方に向かって、改めてご婚礼ということになれば、清斎先生と相談して体に合わせた料理もつくれますし」

青葉《あおば》清斎は皆川町《みながわちょう》に居を構える本道《ほんどう》（内科）の医者だ。陰陽五行説に基づく薬膳《やくぜん》にかけては並々ならぬ知識をもっている。時吉は薬膳の弟子の一人だった。

「そこまでしていただくのは、申し訳ありませんが」

弥助は迷いの表情になった。

清斎はかかりつけではないが、ともにのどか屋の客だから顔を合わせたことがある。名利《みょうり》を求めない隠れた名医という評判も耳にしていた。

「清斎先生に事情を話せば、きっと動いてくださいますよ」

と、おちよ。

「綾瀬屋さんとしても、どうにかして娘さんの病を治したいと考えておられることでしょう。向こうのかかりつけのお医者さんの顔もあるでしょうが、なにぶんこれは人の命が……」

「分かりました」

弥助は時吉に皆まで言わせなかった。

また茶を少し呑み、湯呑みを一枚板に置くと、肚《はら》をくくった顔で言った。

「親としても、できることがあるのなら、どんなことだってしてやりたいと思います。娘さんの具合が悪くなられた綾瀬屋さんに比べたらなにほどのこともないでしょうが、親が大事にしすぎたせいか、このままもしものことになったりしたら利助まで病に倒れかねません。たとえそれが治ったとしても、一生の傷になっちまうでしょう。できることなら、おさきさんが本復して、若い二人が笑って祝言を挙げて、こたびのことが笑い話になるように……どうか、清斎先生にお口添えを願えないでしょうか。このとおりです」

升屋弥助はやにわに頭を下げた。

土間の手代も両手をつく。

「承知しました」

包丁を置き、時吉もていねいに一礼した。

「今夜にでも、たずねてみます」

三

事はとんとんと運んだ。

片付けと明日の仕込みをおちよに託し、時吉は清斎のもとをたずねた。患者の診察が終わってからいきさつを話すと、医者は二つ返事で承諾してくれた。

あとは段取りを整えるだけだ。升屋から綾瀬屋へ番頭が使者に立ち、もしよろしければ当方のかかりつけの名医の診察をと申し出た。綾瀬屋は藁《わら》にもすがりたい思いでいる。それはぜひに、と話がまとまった。

ずっと床に伏しているのだからすぐ治るものでもあるまいが、清斎ならなんとかしてくれるだろう。

のどか屋の一枚板の席でも、そんな話が出た。

今日は安房《あわ》屋の辰蔵《たつぞう》が座っている。季川と同じ隠居の身分だが、竜閑町《りゅうかんちょう》の醬油酢問屋は息子にゆずったとはいえ、醸造元をたずねて関八州《かんはっしゅう》を飛び回るなど、まったく脂気《あぶらけ》が抜けてしまったわけでもない。

子の祝言の場には何度も出ているし、お呼ばれになったことも多々ある。ほうぼうの婚礼の料理を口にしてきた辰蔵から話を聞くと、なかなかに得るところが多かった。

「ま、われわれは草《ぞう》の祝言ですからね。そんなに堅苦しいものはいりません。ましてや、綾瀬屋の娘さんは病み上がりだ。長く座ってるのも大儀でしょうよ」

すでに酒が入っている。いつのまにか、清斎の力で病が持ち直すという見込みをふまえて話が進んでいた。

「そうですね。専門の書《ふみ》も読んでみましたが、あまり役には立たなかったようです」

しめじと平茸《ひらたけ》を胡麻油で炒りつけながら、時吉が言った。

「ほう、どんな」

「『類聚《るいじゅう》婚礼式』などを読みましたが、お大名のご婚礼にわたしらが呼ばれることはありませんから」

「はは、そりゃそうだ」

「でも、まじめに絵まで描いて全部覚えようとしてたんですよ、時吉さん」

おちよがおかしそうに言った。

「大店《おおだな》のご婚礼なら、似たような按配じゃないかと思いましてね。まあ、どのみち、うちみたいな小料理屋にはお声はかからないでしょうが」

時吉は苦笑して、醬油《したじ》と酒で茸《きのこ》の味付けをした。

「分からないよ。うちも孫の代になりゃ、江戸で一番の問屋になるかもしれん」

「その節はよしなに」

おちよが如才なく言った。

水気がなくなったところを見計らって火から下ろし、手際よく茸を鉢に盛った。

「へい、お待ち」

出来端をすぐ出せるのが一枚板のいいところだ。

「おう、こりゃ肴によさげだね」

辰蔵が受け取り、箸をつけて満足そうな顔つきになったとき、表の障子戸が開いて清斎が姿を現した。

一人ではなかった。うしろには、升屋弥助もいた。

「いらっしゃいまし」

「ああ、うわさをしてたんだよ」

隠居は隅のほうへ寄り、席を空けた。

清斎と弥助は、ちょっと顔を見合わせた。

「ここでよろしいでしょうか？」

医者に問われた弥助は、ためらいの色を浮かべた。

「人の耳をはばかる話なら、二階はどうだい。ここじゃ落ち着かないだろう」

さすがは年の功で、すぐさま察して辰蔵が上を指さした。

ただし、あまり張りのある声ではなかった。入ってきた二人、升屋の手代も含めれば三人の顔を見れば、おおかたの察しはついたのだ。

「ならば、二階へ。ご主人も、できれば手が空いたら」

清斎はいつもよりかたい表情で言った。

「承知しました」

時吉はそう答え、おちよに目配せをした。

料理屋の娘だから、代わりに包丁を握ってても十分にさまになる。

「おまえはここで、なにかあつらえてもらいなさい」

弥助は手代に言った。

「はい」

手代は土間の端のほうに置かれた長床几《しょうぎ》に腰かけた。どんなに急《せ》いていてもあぐらより座って食べたいという客もいる。そういう声にこたえて、このあいだ一枚板の席より丈の低い床几をしつらえてみた。

役どころが決まった。

青葉清斎と升屋弥助がまず階段を上り、茶と簡単な料理を運びがてら、時吉が続いた。

こうして幕は上がったものの、場はいかにも重苦しかった。

「診察を終えたあと、念のために向こうのかかりつけの医者の話も聞いてきたのですが、どうも芳《かんば》しくありません」

清斎は包み隠さず言った。

「すると、なかなか本復するまでには……」

「いかに時がかかろうとも、大事に養生をすれば本復するという病であればよいのですが、そういうたぐいのものではありませんでした」

「清斎先生の腕と知識をもってしても、でございますか？」

「わたしの力などは、なにほどのものでもありません。残念ながら、手の施しようのない病もあります」

「手の施しようがない、と」

「はい。長くとも、今年いっぱいはもつまいと思います。身のうちの瘍《ふう》の具合が芳しからず、せめて苦しみを和《やわ》らげることしかできません」

清斎は苦そうに茶を呑んだ。

皿に盛られている料理は、里芋の海苔胡麻和えと椎茸の甘辛煮だが、だれも箸を取ろうとしない。

「では、祝言は……」

痛ましいことだが、取りやめになるのだろうと思いながら、時吉はたずねた。

しかし、返ってきた弥助の言葉は意外なものだった。

「祝言は、挙げることに、いたしました」

息を入れながら、蠟燭問屋のあるじは言った。

「綾瀬屋さんとも、よくよく相談いたしました。おさきさんの話も聞きました。そのうえで、決めたことです。万が一にも、利助も嫌とは申しますまい。つまり……祝言を挙げてから、あの世へ旅立ちたいと。おさきさんの望みは、もうそれだけだと」

「親御さんの思いも、同じでした」

手で目を覆ってしまった弥助の代わりに、清斎が言った。

「親として、してやりたいことはたんとあった。一緒に物見遊山にも出かけたかった。孫もこの手で抱きたかった。さりながら、そういったほかの望みはもういい。たった一つ、祝言を挙げたいという娘の望みだけはかなえさせてやりたい、と。いままでは升屋さんに申し訳ない気持ちがあって遠慮をしていたけれども、もしお許しを願えるのなら、娘のおさきと祝言を挙げてやってくださらないものか、と」

「それは、息子も望むところでございましょう」

手の甲で涙をぬぐってから、弥助は続けた。「なにも無理に輿入れしてくださらなくても、いっこうにかまいません。かたちのうえは入り婿ということにしていただき、うちの利助が綾瀬屋さんへ参ります。ひと目おさきさんの顔を見て、言葉を交わさぬうちは、利助もあきらめがつかないと存じますから。その後も綾瀬屋さんの奥の間で存分に心ゆくまで看病をと、ありがたいお言葉で……」

「そうですか……短くとも、添い遂げるということに」

「はい」

「ついては、ご主人」

清斎はやおら座り直した。

「通常の婚礼の料理ではなく、二人の……門出《かどで》を祝うような膳をつくっていただきたいのです」

「門出、ですね」

その言葉を、時吉は重く繰り返した。

「ええ。普通は若い二人の前途を祝します。ともに手を取り合って歩んでいくように、幸《さち》あれかしと祈ります。やがて子宝に恵まれ、家族が平安に暮らせるようにという願いをこめた祝い膳が出ます。しかしながら、こたびの婚礼は行く手にもう橋が見えています。その橋を、ともに渡るわけにはまいりません。おさきさんだけが、先に渡らなければならないのです。逢《お》うた先に、すぐ別れが見えているのです」

「ですが……」

弥助が濡れた目を上げた。「いつの日か、あの世でも来世《らいせ》でもいい、どこかで二人がめぐり合い、今度こそ倖せになれるような……そんな思いのこもった膳をつくっていただきたいのです」

「言うなれば、倖せの一膳、です」

清斎が言った。

「倖せの、一膳」

時吉は再び重く繰り返した。

胸に迫るものがあった。たとえ婚礼を挙げても、長くともに暮らすことはできない。つらい別れが待っている。

そんな不幸な二人のために、「倖せ」の一膳をつくらなければならない。かつてない難題に、身の引き締まる思いがした。

「おさきさんは、まだどうにか身を起こすことができます。しかし、長いあいだそうしているのは体にさわります。一日でも、たとえ一刻でも長く、一緒にいさせてあげたいですからね」

「すると、薬膳のほうは……」

「それはもはや重きを置かずともよいでしょう」

医者はつらそうな口調になった。「薬膳の料理は体に風を送るものです。ただ、おさきさんの場合は、すでに破れたかざぐるまのごときものになってしまっていますので。そもそも、もう食が細くなっていますから、たんと口に入れることができません。かむ力も弱っています。どちらかといえば、そちらのほうに重きを置いていただければと。病人でも、たとえひと口ずつでも食べられるようなものにしていただければありがたいです」

「承知しました」

肚をくるしかなかった。

いまのところ、さしたる名案は浮かばないが、試みるしかない。

「なにとぞ、よしなに」

弥助が頭を下げた。

「おさきさんはほんとによくできた娘さんで、もしあたしがあの世へ行っても、うちの利助が気を落とさないように、家業に励めるようにと、そればかりを案じて……どうしてあんな娘さんが早々と花を散らさなければならないのか、この世に神も仏もないものかと……そんな不幸が倖せに変わるような、これでよかったとお互いが思えるような、そういう祝い膳をお願いいたします」

「分かりました。のどか屋ののれんにかけて、心をこめて、倖せの一膳をつくらせていただきます」

時吉は深々と一礼した。

四

綾瀬屋で行われる婚礼まで、あと三日となった。

そろそろ仕込みの準備をしなければならないところだが、時吉はまだ思案をしていた。なかなか絵図面を引けないのだ。

城にたとえれば、石垣はできていた。時吉は綾瀬屋へ下見に行き、奥の間の造りを確かめた。さすがに繁盛している見世で、書院造の立派なものだった。

できるだけのことはしてやりたいという綾瀬屋の思いで、すでに婚礼道具などは上等なものが手配されていた。

白木の三方《さんぽう》の上に、奈良蓬萊《ならほうらい》や瓶子《へいし》などが置かれる。さらに、縁起物の置鳥や置鯉などが加わる。そういった飾りの部分はほぼかたまっていた。

絵図面が引けていないのは、肝心要《かなめ》の天守閣だった。新郎新婦の前に供せられる倖せの一膳をどう按配するか、おちよともずいぶん相談したのだが、三歩進んでは二歩退がるといった感じで、なかなか定まろうとしなかった。

「どうしたもんでしょうねえ、師匠」

おちよが困り顔で季川に言った。

檜の一枚板の席に、今日は隠居の顔が二つ並んでいる。大橋季川と安房屋辰蔵、のどか屋の後見役のような二人だ。

もう一人、時吉の師匠の長吉もいるが、おちよが知恵を借りにいっても今回ばかりはつれなかった。

縁あって、時吉が受けた仕事だ。

おれが口出しすることじゃない。

知恵を絞れば、何か出てくるはずだ。

と、あえて突き放した。

時吉としても、わが力で倖せの一膳をつくりたかった。少なくとも、利助の心には長く残るような……いや、先に旅立っていくおさきも忘れないような、縁《えにし》の味にしたかった。

そう思えば思うほど、案はまとまらなくなってしまう。この期《ご》に及んで、ごくありふれた婚礼の献立に逃げるわけにはいかない。どうにも進退がきわまってきた。

「どうだろうかねえ。これが普通の婚礼なら、年の功で知恵も出せるんだが、難儀なことになりましたねえ、安房屋さん」

ひとわたりいきさつを聞いた季川は、隣の辰蔵に声をかけた。

「そうですねえ、まず盃を交わして、膳が出る。結び熨斗《のし》、飯、汁、鯛、鰯《いわし》、くらげをもって一台とし……ま、以下いろいろとあるんですが、それはただの祝い膳ですからなあ」

安房屋は「ただの」に力をこめた。

「そうなんです。それをもって倖せの一膳とするわけにはまいりません」

座敷の客のために八杯豆腐をつくりながら、時吉が言った。

飯の上に、人参や茸とともに煮た豆腐をかけて食べる料理だ。名前の由来は、水切りをした一丁の豆腐を細長く切って八人分にするからという説もあれば、だし汁四、酒二、醬油二の八杯の煮汁に拠《よ》るという説もある。ただし、のどか屋の常連によれば、

「これなら八杯でもお代わりができるから」なのだそうだ。

「鶴と亀をかたどるとか、二つの膳のあいだに橋をかけるとか、いろいろ思案したんですけどねえ」

ばたばたと動きながら、おちよが言った。

「帯に短し襷《たすき》に長しで、これはという手ごたえがなかったんです。もういくらも時がないんですが」

時吉の顔には焦りの色が浮かんでいた。

「つかぬことを言うが、婚礼の祝い膳ってのは、同じものを必ず出さなきゃならないのかねえ」

季川がふと思いついたように言った。

「と言いますと？　ご隠居さん」

自分も隠居なのに、辰蔵は季川をそう呼ぶ。

「いや、ね。新郎新婦に同じものを二つあつらえようとするから、うまくいかないんじゃないかと思ってね」

「なるほど。普通の祝い膳なら、一緒でいいところですが」

「すると、利助さんとおさきさんの分を別々につくるっていうことですか」

時吉はそう言って、飯の上にあつあつの豆腐をかけた。

「どういう料理にするかという案は、とくにないんだがね」

と、季川。

「それなら病人でも食べよい膳にできるし、上策なんじゃないでしょうかねえ」

「なら、膳に何を載せましょう、安房屋さん」

「さて、それが思案のしどころ」

辰蔵は腕組みをした。

まだ暮れきっておらず、のどか屋の外ではわらべたちの声も聞こえた。大八車などは通らない通りだから、心安んじて毬《まり》遊びなどをすることができる。あまり遅くなると、いつまで遊んでるんだと親の怒鳴り声が響くこともあった。

今日は紅葉の季節にしては馬鹿に暖かく、まだ障子戸は閉めていない。おかげでわらべの唄う手毬唄が厨まで聞こえてきた。

「利助さんの膳と、おさきさんの膳、か……」

時吉は半ば独りごちた。

「いっそのこと、飯に細工をして、『利助』『さき』と書きますかな」

戯《ざ》れ言《ごと》のように季川が言った。

「それを食して、お互いを身のうちに入れるっていう寸法ですか。その流れの向きはいいような気もしますが、はて」

辰蔵が首をひねる。

「ちと風流《ふりゅう》さに欠けますかなあ」

「飯ではね」

「どうだい、時さん。そろそろひらめくころだろう」

「ええ、水嵩《みずかさ》は増してきてるんですが」
時吉はこめかみを指さした。
たしかに、そうだった。
二人の隠居の話も呼び水になった。
利助さんの膳と、おさきさんの膳を別々につくる。
それを食して、お互いを身のうちに入れる。
その流れに沿えばいい。
あとは、何をどう見せるかだ。
相変わらず、見世の前から手毬唄が聞こえてくる。

一つつくのは、おとっつぁん
二つつくのは、おっかさん
三つついては、三日月に
願いをかけて……あっ！

と、わらべの声が響いたかと思うと、見世の中に毬がころころと転がりこんできた。

赤い毬だ。

女の子が拾いに入ってきた。

「ほら」

おちよが拾って渡す。

「あんまり遅うなったらいかんぞ」

「親御さんが案じるでの」

隠居たちが声をかけると、わらべはこくりとうなずいた。

あたたかい笑いに送られて小さな影が消えたとき、時吉の脳裏にだしぬけにひらめくものがあった。

幕が上がり、ようやくのことで天守閣が姿を現したのだ。

「そうか！」

時吉は声をあげた。

「何か思いつきました？」

おちよが問う。

「毬ですよ、毬」

時吉は謎めいたことを口走った。

「ほほう、判じ物だね」

水は次の水を呼ぶ。

なにげなく口にした季川のひと言が、さらに風を送ってくれた。

倖せの一膳。

そのかたちが、時吉の頭の中で定まってきた。

「浮かびましたね、時さん」

辰蔵が笑みを浮かべた。

「ええ、なんとか」

「よかったら、聞かせてくれませんか」

家路についたのか、わらべの手毬唄は聞こえなくなった。

時吉は思いついたばかりのことを語りはじめた。

それを聞くにつれ、二人の隠居とおちよの顔つきも穏やかになっていった。

その後も知恵を出し合い、やがて膳立てが整った。

次の日から、時吉は仕入れと仕込みを始めた。

間に合った。

倖せの一膳は、滞《とどこお》りなく婚礼の場に届けられた。

五

綾瀬屋の奥座敷に、雛《ひな》のような二人が並んだ。

母に支えられ、おさきはどうにかこの晴れの席に座ることができた。白無垢《しろむく》を着て、利助の隣に寄り添うことができた。

この日が来るとは思わなかった。

父からは、こう言われた。

「いまのおまえの体では、とても輿入れはできない。先様にご迷惑をかけるばかりだ。養生をして、本復するまで、祝言は先延ばしにするよ」

おさきは首を横に振った。

わが身のことは、おさきがいちばんよく分かっていた。

この先いくら養生しても、もうよくはならない。日に日に衰えていくのが分かる。とても新しい年は迎えられないだろう。

だから、祝言でなくてもいい、あの世へ行く前に、ひと目利助さんに合わせてくださいまし……。

涙ながらに伝えると、ふだんは優しい父は珍しく叱った。

「そんな心持ちだから、具合がよくならないんだ。病は気からと言うじゃないか。おとっつぁんは神信心をしている。おっかさんはお百度を踏んでる。升屋さんのほうも、おまえが早く本復するようにと願《がん》を懸けてくださってるらしい。だから、気を強く持ってくれ、さき。病なんかに負けるな。祝言の晴れ姿を、おとっつぁんとおっかさんに見せてくれ。弱気なことは言うでない」

そう叱りながらも、父はしきりに畳の上に水ならざるものをこぼしていた。

しかし、気だけでどうなるものでもなかった。

ずいぶんと痩せた。ほおに手をやってみると分かる。

鏡は見たくなかったが、ときどきこわごわと覗いた。加賀の国の老人が冬に磨きにくる鏡はよく研がれていたが、その映りのよさがかえって恨めしかった。目だけが大きい痩せ衰えたわが姿を見るなり、おさきは顔をそむけた。

それでも、たまには覗かずにはいられなかった。

(鏡の奥のほうに、利助さんが映る。

あの人がそこに立っている。

あのあたたかいまなざしで、あたしのほうを見てくれる)

そんな儚《はかな》い思いを捨て去ることができなかったのだ。

利助からは、日を置かずに文《ふみ》が届いた。

早くよくなってくれとは、ひと言も書かれていなかった。

おさきには分かった。言えば重荷になってしまうから、あえて書かなかったのだ。

利助はそういう心映えの人だった。

その代わり、心がほっこりするようなことを書き送ってくれた。

今日は風が心地よかった。

往来で愛らしい猫を見た。

近所に新しい見世ができた。

道の辺《べ》にきれいな花が咲いていた。

そんなささいなことを記し、最後のほうに控えめに、いつか二人で、笑って外を歩きたい、どうか心安んじて養生をしておくれというような意味のことがしたためられていた。

墨の字はところどころににじんでいた。そこに目を押し当てて、おさきも泣いた。毎夜、文を抱いて眠った。守り札の代わりに、胸に抱いて眠りについた。

そんな幾夜を重ねても、おさきの病は好転しなかった。坂をゆるゆると下るように、さらに容態は芳しくなくなっていった。

次の間へ歩くだけでも大儀だった。手水《ちょうず》に立つのに、人の助けがいるようになった。

母が付きっきりで世話をしてくれた。眠るときには、髪をなでながら子守唄を唄ってくれた。

ねんねんころり　おころりよ
坊もお嬢も　おねむりよ
みんな達者で……

母はときどき、そこで声を詰まらせた。

親としても、無念だった。

できることなら、代わってやりたかった。この命を与えたかった。

この子はまだ何もしていない。あれもこれも、やりたいことがあっただろう。行きたいところもあっただろう。

なのに、十五の春も迎えずに、逝《い》ってしまわなければならないのか。老いた父母《ちちはは》を残して、あの世へ旅立ってしまうのか。

そう思うと、あまりにも無念だった。

だが……。

今日、祝言の場に臨む母の顔は、どこか晴れやかだった。それはいくたびもの涙の夜をくぐり抜けたあとの晴れやかさだった。

この一日を生きてくれればいい。

一日を一年、いや、十年と思って、精一杯生きてくれればいい。

父と母はそんな話をした。

だから、思案の末に、祝言も行うことにしたのだ。

その思いは、升屋も同じだった。

弥助は妻と語らった。

わが売り物の蠟燭は、消える間際に美しい炎をゆらめかせる。

その炎を、利助に見させようじゃないか。

離れ離れのまま、この世とあの世に別れてしまっては、若い二人があまりにもかわいそうだ。

だれにもとがはない。

さだめだ。

でも、息子はおさきさんをむざむざと死なせてしまったという思いを長く抱いてしまうかもしれない。その重荷を背負ったまま、この先ずっと人生を歩んでいくことになるかもしれない。

それは利助の行く手に暗い影を投げかけることになる。ならば、祝言を行おう。升屋の息子は入り婿に行って、嫁に死なれてすぐ帰ってきたと陰口をたたかれてもいい。好きなように言わせておけばいい。

蠟燭問屋の老いた両親は、そう肚をくくった。

正装に威儀を正し、弥助は座に控えていた。

息子はしきりに新婦のほうに目をやり、なにやかやと気遣っている。そのまなざしは、会えずに悶々としていたころのものではなかった。

おさきはたしかに痩せ衰えていた。痛ましいほど頰骨が飛び出していた。

それでも、美しかった。

白無垢に身を包み、化粧を施した十四の娘はきれいだった。蠟燭の炎は、儚くも美しく輝いていた。

祝言は粛々と続いた。

三方の上に置かれた瓶子の酒は、升屋と綾瀬屋、二人のあるじが相手方の盃に注いだ。升屋はおさき、綾瀬屋は利助、どうぞよしなに、と固めの盃に酒を注いだ。普通は下女にやらせるところだが、書物が指南するしきたりなど、もはやどうでもよかった。

升屋も綾瀬屋も、酒を注いだあとに笑顔になった。どこか深いところから絞り出したような笑みだった。笑顔をつくることはあきないで慣れているが、それとは趣《おもむき》が違った。いままでいちばん晴れがましくも哀しい笑みだった。

「ちょっと口をつける真似をするだけでいいからね」

かたわらのおさきに、利助は小声で言った。

「はい……」

おさきは小さくうなずいた。

盃を手に取ったが、それすら重く感じられた。新婦はようよう口元に近づけ、呑むしぐさをした。

そして、静かに盃を置き、利助のほうを見た。ほおが痛ましくこけてしまった顔に、精一杯の笑みを浮かべた。

固めの盃が終わると、座敷に祝い膳が運ばれる。

廊下の目立たないところに、時吉が控えていた。苦労してつくりあげた「倖せの一膳」のこころを解くと、両家の者たちはいたく感じ入ってくれた。ことに綾瀬屋は、婚礼の首尾を見届けてくれと言う。請われるかたちで、料理人は廊下の端に座っていた。遠いが、半ば開いたふすまごしに、新郎新婦の所作が見える。

「では、お願いいたします」

綾瀬屋の番頭に向かって、時吉は頭を下げた。

「かしこまりました」

番頭は一つ息をつくと、白木の三方をうやうやしく持ち上げ、祝いの座敷の中へ運んでいった。

升屋が受け取り、おさきの前に運ぶ。

そのあいだに、番頭は次の膳を取りにいった。

「よしなに」

「はい」

座敷に入った次の膳は、綾瀬屋が受け取って利助の前に置いた。

時吉は安堵のため息をもらした。

（これで終わった。

料理人の仕事はここまでだ。

あとはお二人に気に入っていただけるかどうか……)

廊下に座ったまま、時吉はいくぶん前に身を倒し、新郎新婦の表情を見た。

初めのうち、利助は少々いぶかしく思った。

二人の膳立てがずいぶんと違っていたからだ。

三方の上に、椀や皿が置かれている。どれも朱塗りでまるいかたちをしている。まるで小さな手毬のようだ。

しかし、数が違った。中に入っているものも、それぞれべつになっていた。

「品書を見てください」

膳を運び終えた綾瀬屋は、小声でそう言った。

それを読み、しばらくして、ようやく気がついた。

判じ物が解けた。

利助の膳の品書には、こう記されていた。

さ

　幸ひは長くはるかに天の川

き

　菊の香や一千年の後の世も

品書なのに、料理の名はどこにも書かれていなかった。
新婦の名をかしらに詠みこんだ俳句が、達筆でしたためられているだけだった。
おさきの膳も同じだった。

り

　良夜なりたましひふたつ寄り添ひぬ

す

　鈴虫も言祝《ことほ》げけふの夫婦舟

け

　鶏頭の赤きにまさる絆《きずな》かな

新郎の名に合わせ、こちらは三句仕立てになっていた。

品書に俳句しか書かれていなくてもいい。「さき」と「りすけ」、そのかしらの判じ物をたよりに、それぞれの料理の名に行き着くことができるような、凝った趣向になっていたのだ。

利助の「倖せの一膳」は、こんな献立だった。

まず、酒麩《さかふ》の椀があった。

紅白の麩を酒でことことと煮て、醤油で味を調《ととの》える。これを実として浮かべた澄まし汁からは、ほんのりと酒の香りが漂ってきた。彩りに、貝割れも少々添えられている。

飯の椀は、桜飯だった。

蛸《たこ》の足をじっくりとゆでて、桜色に染まったものをできるだけ薄い小口切りにする。これを飯に交ぜ、澄まし汁をかけて食す。

薬味として、小松菜の一夜漬けを細かく刻んで添えてあった。これも交ぜると、葉桜の趣になる。

里芋の小鉢もあった。

ゆでてから切る里芋は、通常は乱切りにするところだが、ここではまるいかたちが残るように按配されていた。

鉢の中に、たましいのように白玉がいくつも入っている。そんな景色だ。いたって小さいかぶのようにも見える。

里芋は海苔で和えられていた。醬油と味醂《みりん》、それに酢を混ぜたものにちぎった海苔を浸し、ひとわたり味が染みたところで芋と和える。里芋には味がついていないが、これで十分おいしく食することができる。

彩りには小海老を添えた。白と黒だけだった景色に、邪魔にならない小ぶりの朱が加われば、小鉢が上品にまとまる。

ここまでが、「さ」。

次は「き」だ。

小鉢に盛られているのは、菊玉子だった。

あつあつのゆで玉子を用意し、手早く縦に切り目を入れていく。それをまな板に置いて上からぎゅっと押しつけると、菊の花のかたちになる。

名前は菊だが、色合いだけを見ると菜の花も彷彿させる。薬味も何も添えない。これだけで絵になる。

最後に、きんとん餅《もち》の小皿があった。

求肥《ぎゆうひ》を芯にして餡《あん》をくるみ、さらにその上からそぼろ餡をまぶした茶菓子だ。色はもちろん、紅白の二種だった。口中に含めば、なつかしい甘さが広がる。

以上の五種が、紙を敷かれた三方の上に、手毬の趣で按配よく置かれていた。

それはまた、おさきが歩んできた来し方を見るかのようだった。

十四年の短い人生だが、それでもさまざまなことがあった。

毬をついて遊んだ。そのかたちが、料理の中にあった。

母と見世の者に連れられて、春の野に遊んだ。その色もあった。

利助の前の膳を見ながら、おさきはしみじみと思い出した。

(あれが、わたし……。

わたしはまるいたましいになって、利助さんの中に入る。

利助さんと一緒に生きるの。

そして……)

おさきは、目の前に置かれた膳を見た。

そこには「りすけ」の膳が据えられていた。

まず、「り」は利休玉子だった。

溶き玉子に擦り胡麻を加え、味付けをしてから上品に蒸すのは、時吉の得意料理の一つだ。

味は少量の酒と醤油にするところだが、おさきに合わせてこたびは砂糖も加えた。蒸し上がった利休玉子はお玉ですくい取り、まるい鉢に盛りつけた。

「す」はご飯物と吸い物の二種に配されていた。

すくい寿司は、起こし寿司ともいう。寿司飯に細かく刻んだ具を混ぜ、型に入れて上から押す。こうして固まった寿司から、箸の先で具をすくったり掘り起こしたりしながら食べるところからその名がついた。

型は四角い箱を用いるのが普通だが、時吉はまるいものを使った。具は椎茸、海老、紫蘇、青菜漬、紫海苔などだ。

それだけでも彩り豊かだが、上から細く切った錦糸玉子と白髪《しらが》玉子をはらりとかけると、見え隠れする下の具の色がさらに引き立つ。

玉子の黄身で錦糸玉子をつくったあと、白身で白髪玉子をつくる。要領は同じだ。どちらもよく漉《こ》してからつくる。ひと手間をかければ、料理は引き立つ。玉子はただの黄色と白色から、黄金色と銀色に輝きはじめる。

手間をかけたすくい寿司に比べると、吸い物はいたって平凡なたたずまいだった。紅白の麩が浮いた澄まし汁だ。うきくさに見立てた貝割れが、わずかに添えられている。

この一椀は、味で勝負だ。

紅白の麩が利助とおさき、貝割れが目に映る景色。そのまわりを満たす、ありとあらゆるものが汁になる。時も含めて、汁になる。

何度も味見をしてつくりあげた味だ。初めの一口こそあっさりしているが、呑むほどに深い味が伝わってくる。五臓六腑に染みわたる。

残る「け」も二品あった。

芥子《けし》酢和《ず》えは、よく擦った芥子に水気を抜いた豆腐と白味噌を加え、具と和える料理だ。具には人参や栗、それに銀杏《ぎんなん》も加える。

雪の野に、家か宿か、あたたかい灯をともしたものがちらほらと建っている。そんなどこかほっこりとする景色だ。

もう一つの小鉢は、巻煮《けんちん》だった。

もやしとせん切りにした野菜を湯葉で包む。これをかんぴょうで巻き、さっと油で揚げたものにからし酢をつけていただく。

かたちは長細いが、包まれたところを見ればまるい。そこから緑や白や人参の朱が、とりどりの思い出のようにのぞいていた。

祝いの宴につらなっている者たちには、新郎新婦の膳を折衷したものが供された。

鯛などのひと目で分かる縁起物がない祝い膳に、とまどいの色を浮かべていた人々も、升屋弥助による絵解きを聞くと、一様に納得の表情になった。

「……というわけで、料理屋さんとも相談し、互いのたましいが身のうちに入るようにと、あつらえさせていただいた祝い膳でございます。今日の日の喜びを、どうか若い二人とともに……」

よどみなく口上を述べていた弥助は、そこでにわかに声を詰まらせた。

たしかに、若い二人だ。

しかし、新婦はまもなくこの世を去らねばならない。こうして並んで座っていられるのもあと少し、いや、ことによると今日限りかもしれない。そう思うと、胸が詰まって言葉にならなかった。

「倖せの一膳、でございます」

代わりに、綾瀬屋が言った。

「どうか存分にお召し上がりください」

「倖せの、一膳か」

親族の一人が、思わず口にした。

「はい」

涙をふいて、弥助が言った。

「そこに控えておられる、のどか屋の時吉さんにつくっていただきました」

座敷の人々がいっせいに廊下のほうを見た。

時吉はうろたえた。

料理人は黒子《くろご》だから、たとえ座敷の外でもこの場にいるのは少々気が引けた。宴に出るのは、料理だけでいい。

そう料簡していたのに、いきなり名まで呼ばれたから、うろたえるのも当然だった。

とにもかくにも、頭を下げた。

顔を上げると、弥助が口に手をやるのが見えた。

何かひと言しゃべれ、と身ぶりでうながす。

これも時吉の苦手とするところだった。右のこめかみからほおにかけて、わけあって自らつくった火傷の跡がある。そのせいもあり、晴れがましい席は遠慮したいという気持ちが強かった。

だが、乞われれば是非もない。

「料理がさめてしまいますので、どうかお早くお召し上がりを」

それだけ言って一礼すると、場に少し笑いがもれた。

「では、ここからは無礼講にて」

幸い、弥助が素早く締めてくれた。

背中に汗をかきながら、時吉は下がった。

最後にちらりと、新婦の顔が見えた。

おさきは、礼をしてくれた。


倖せの一膳を、ひと口ずつかみしめながら利助は食した。

桜飯の蛸は存分にやわらかかった。病を得る前のおさきのほおのようだ。

麸から、かすかに酒の香りが漂ってくる。

（いずれ、夫婦になって年経《ふ》りたならともに酌み交わすはずだった酒は、全部ここにある。

わたしが代わりに呑んであげよう）

利助は酒麸を口中に投じた。

苦くはない。

かといって、甘くもない。

なんとも言えない味がした。

「持てるかい？」

おさきに声をかけた。

澄まし汁の椀に手を伸ばしたのだが、持ち上げることすら大儀に見えた。おさきの手首は、もう折れそうなほど細かった。

「ちょっと……」

「なら、匙《さじ》をもらおう」

おさきの母がすぐさま動き、ちょうどいい按配の木の匙を取ってきた。

「さ、これで」

「ありがたく存じます」

利助は礼を言ってから匙を取り、澄まし汁をすくって新妻の口元に運んだ。

喉が動く。

ややあって、言葉の代わりに、目尻からほおへ、ひと筋のものが伝った。

「おいしいかい？」

おさきはこくりとうなずいた。

利助の優しさ、父母の恵み、お店《たな》の人たちのあたたかさ、すべてがだし汁の中に溶けているような気がした。

「もうひと口」

利助は続けて匙を動かした。

その手元を見ながら、父の弥助はうなずいた。

言葉は何も発しなかった。かけるべき言葉もなかった。

（これでいい……）

弥助はただうなずくばかりだった。

「お寿司も食べるかい？」

利助の問いかけに、おさきは少々迷ってから答えた。

「お麩も」

澄まし汁の椀の中には、まだ麩が残っていた。

紅白のまるい花麩だ。

「分かった」

利助は白い麩を匙ですくい、おさきの唇に近づけた。病ですっかり褪せていたが、
寒紅を引いた今日の唇は、見違えるようにつややかだった。

その唇が、す、と開き、毬のようにまるいものを含む。

（これが、利助さんのたましい……。

たとえこの身は滅びても、早々とあの世へ旅立つことになろうとも、思いは残る。きっと残る。

利助さんと一緒に生きていける。

どこかは分からないけれど、いつかは知れないけれど、またこうして、一緒にお膳に向かい合うことができる。

だから……)

たましいのようなものを呑みこむと、おさきは笑った。

病の床に伏すようになってから、毎日涙を流していた。笑うことなど、まったくなくなった。

でも、久方ぶりに、娘らしい姿で往来を歩いていたときと同じように、利助を見て笑った。

(これは、倖せの一膳。

最後の宴なんかじゃない。

たとえ病は治らなくても、まだ前に道はできる。

細い道が行く手に続いている。

その光が見える……)

思いは通じた。

「わたしも、いただくよ」

利助は匙で紅い麩をすくった。

そして、何かを思い切るように食すと、おさきの顔を見て同じようにほほ笑んだ。

「やれ、めでたやのう」

どこからか、声が飛んだ。

それをしおに、祝いの宴はやんわりと崩れた。

めでたや、めでたやの声が幾重《いくえ》にも和した。

こうして、利助とおさきの祝言は滞りなく終わった。

六

色づいた葉がその彩りにたえかねたかのように散り、紅葉の名所から人の波が退《ひ》くと、風はにわかに刺《とげ》を増してくる。

と思う間《ま》に、何か悪い冗談のように師走《しわす》が来て、世の中はとみにあわただしくなった。神田の三河町の界隈も、いくらか浮足立つ気配がなくもなかったが、通りを一つ脇に入ったのどか屋はいつものたたずまいだった。

外が寒いときは障子戸を閉める。そこには「の」「の」と記されているから、前を通ると人の目に見える。どこかぼんやりとした、まさにのどかな顔だった。

時分どきを外れた昼下がり、季川がふらりとやってきて檜の一枚板の席に座った。近所をそぞろ歩いてから来たらしく、隠居はまず片倉鶴陵《かたくらかくりよう》の話をした。長く皆川町に住み、今年の九月に亡くなった名医だ。

「門弟の方々も、さすがにもう落ち着かれたようですね。前を通りかかったら、きれいに掃き清められておりましたよ」

静倹堂と呼ばれるその医堂は質素なたたずまいで、門を入って飛び石を伝えば、ほんの十歩で玄関に着いた。その脇では、オランダ渡りのジギタリスなどの薬草が育てられている。季川はひとしきりその様子を伝えた。

「鶴陵先生が亡くなっても、その医術や丹精された薬草などはお弟子さんたちに伝えられていきますからね」

おちよがしみじみと言う。

「病身を押して雪深い会津へ診療へ行き、そのせいで寿命を縮められたそうだが、医に殉じると言うか、もって瞑《めい》すべしといったところだね」

季川はそう言って、時吉がさっと供した飯物を口に運んだ。

「昼の飯にしては、ずいぶん凝ったものだねえ」

「ちといわれがありまして」

「昨日から、仕込みでばたばたしてました」

と、おちよ。

「なにぶん具が多いもので」

時吉が指で示したのは、すくい寿司だった。

もっとも、あまり固めると食べるのに時がかかる。わしわしと食らう客もいることを見越して、はらりとほどけるほどにしておいた。

「こりゃ、なかなか乙《おつ》な味だが、そのいわれとは？」

季川の問いに答えて、時吉は手短にいきさつを述べた。

むろん、利助とおさきの婚礼の首尾についてはすでに伝えてある。隠居は話をすぐ呑みこんでくれた。

「なるほど……料理人冥利に尽きるね、時さん」

「はい」

「心をこめてつくらないとね」

「それはもう」

時吉がそう答えたとき、障子戸が開き、話に出ていた男が姿を現した。

升屋の、利助だった。

「では、これを」
時吉が包みを差し出した。
「ありがたく存じます」
利助はうやうやしく受け取った。
淡い花柄の風呂敷包みの中身は、折詰だった。
あの日の倖せの一膳を折詰にした。すべてを按配すると多くなりすぎるから、それぞれのかしらについて一品ずつ選んだ。
さ　桜飯
き　きんとん餅
り　利休玉子
す　すくい寿司
け　芥子酢和え

この五品が、彩りよく配されている。

のどか屋の昼がすくい寿司だったのは、この折詰をつくるためだった。

「小鉢や小皿はお持ちになりますか？」

おちよがいくぶん声を落としてたずねた。こまやかな心遣いだ。

「いえ、持ってまいりましたので」

利助は腰をかがめ、手代のほうを見た。

まだ若く、線も細いが、あきんどらしい顔になってきた。いずれ升屋を継いでも、この様子なら大丈夫だ。

「これから、水入らずだね」

季川が声をかけた。

「はい……」

利助があいまいな顔つきになったから、これはいかんと思ったか、隠居はあわてて言った。

「まあ、今日は小春《こはる》でよかったよ」

「ほんに、よい日和《ひより》で」

おちよも和す。

「次からは、吸い物もつくりましょうか」

時吉はたずねた。

「いえ、そんなにお手間を取らせては……」

「見世でも出すので、べつに手間では」

「そうですか……ならば、ありがたく」

利助は両手を合わせた。

「あの澄まし汁でいいね」

「はい」

紅白のまるい麩を浮かべた、あの一椀だ。

「では、またよしなに」

「ありがたく存じます」

包みを提げ、利助は手代とともに出ていった。

そのうしろ姿を、のどか屋の一同はしみじみと見送った。


「思いのほかしっかりしてるから、安心したよ」

足音が聞こえなくなってから、季川が言った。

「最期まで看取れたのは、せめてもの幸いだったかもしれませんね」

おちよが言うと、時吉と季川は同じようにうなずいた。

おさきが亡くなったのは、祝言からたった五日目のことだった。

あの日の宴の席で、おさきは最後の蠟燭の炎をゆらめかせた。長く心に残る、美しい炎だった。

翌日から、床に伏したまま、起き上がることができなくなった。利助はずっと奥座敷にこもり、ほとんど寝ずに看病をした。おさきが眠っているあいだは、髪をなでてやったりした。

亡くなる前の日は、ずいぶんと表情が和らいだ。しっかりした声で話をすることもできた。

ほおにもかすかに赤みがさしていたから、利助もおさきの二親《ふたおや》も、おのずと胸を弾ませた。

(このまま本復してくれるのではないか。

長い坂を上りきって、これから下りにかかるのではなかろうか。

神信心が実を結び、病は癒えるのではあるまいか)

そんなかそけき望みを抱いた。

だが、翌《あく》る日、おさきは逝った。眠るように死んでしまった。

まだ十四歳だった。

せめてもの救いは、さほど苦しまずに旅立ったことだった。最期の息を長く細く吐いたとき、利助はおさきの手をしっかりと握っていた。そのあたたかさを、指がまだ憶えていた。

同じ指で倖せの一膳の包みを提げ、利助はのどか屋を出ていった。

今日はおさきの初めての月命日だ。墓にお参りをし、供え物をする。ともに過ごせたのはたった五日だけだったが、これからは毎月、同じ日が「水入らず」のときになる。

「倖せの一膳は永遠《とわ》に続くわけだね」

季川はそう言って、盃をゆっくりと口元に運んだ。達者のみなもとは昼酒にあり、と日頃から言い放って、清斎を苦笑させたりしている。分を過ぎて乱れたことはついぞない、いい酒だ。

「季が変わるごとに、上《かみ》に入る言葉を変えていけばいいんですから、考えてみたらずいぶんと重宝《ちょうほう》ですね」

おちよは壁に貼ってある短冊を指さした。

こう読み取ることができた。

　師走なりこの一膳の倖せを

元の句はこうではなかった。

利助とおさきの祝言の首尾を時吉から聞いたおちよは、言葉に詰まった。そして、口に出して答える代わりに、筆をとって一句したためた。

　冬近しこの一膳の倖せを

「味な句をつくったねえ」

師匠の季川が笑う。「上五《かみご》がなんであれ合ってしまうのは、いい句の証しだよ」

「あたしの手柄じゃありませんから」

言外に意をにじませて、おちよは答えた。

へりくだったふりをしたわけではなかった。心底そう思っていた。

(あれはあたしがつくった句じゃない。

おさきちゃんがくれた句。

あのお膳も、時吉さんだけの力でつくったんじゃない。

おさきちゃんがいたからこそ、倖せの一膳になったの）

そう思うと、なんともいえない心地がした。

「いい句ってのはそういうものだよ。手柄を立てようと思ってつくったものは、その手が透けちまってよくない。向こうまかせで、ふっとできた句がいいんだ」

と、季川。

「料理もそうかもしれませんね」

煎酒をつくりながら、時吉が言った。

醤油とほどよく合わせ、刺し身をつけて食べれば、あとを引く味になる。酢を混ぜて煎酒酢にすると、蒸し茄子などのさまざまな料理に使える。言わば万能の調味料だ。

「初めから考えたものではなく、素材を見ているうちにふっと思い浮かんだものがいちばんいいのかもしれません」

「でも、そのやり方だと仕込みが無駄になったりしますよ」

すかさずおちよが言ったから、一枚板の席に笑いの花が咲いた。

一つ咲けば、続けて咲くことがある。

見世には無筆の客も訪れる。

壁に貼られている「……この一膳の倖せを」の短冊を目にとめ、てっきり品書だと思ったらしく、

「おう、あれを一つくんな」

と、粋がって注文した客がいたという話で、ひときわ大輪の花が咲いた。

「おう、向こうから来ましたよ、一句」

笑いがおさまったところで、季川がひざを打った。

矢立を取り出し、おちよが持ってきた紙に筆を走らせながら言う。

「わたしは婚礼を見たわけじゃないが、蓬萊がありましたでしょう？」

「ええ、立派なものが飾られていました」

時吉は梅干をほどよく焼いて、煎酒の鍋に投じた。こうすることで、さらに味に深みが増す。

「なら、ちょうどいい。年は改まっていないから、ちと気が早いがね」

季川はできたばかりの句を示した。

倖せはそこ蓬萊の明るさよ

蓬萊山は伝説の不老不死の地で、仙人が住んでいると言われている。その神の山をかたどった縁起物は、婚礼ばかりでなく、新年の飾りにも用いられていた。

「蓬萊山って遠いようですけど……」

おちよが障子戸のほうを見た。

小春の日差しを受け、白い障子紙がじんわりと光っている。墨で書かれた二つの「の」が裏返しに見える。おかげでいやに遠く感じられるが、それも笑っているように見えた。

「近いかもしれないね。すぐそこにあって、話ができるかもしれない」

弟子の心を察して、隠居が言った。

時吉も無言でうなずき、あたたかく明るんでいる場所を見た。

「いまごろは、話が始まってますよ」

おちよが言う。

「二人、水入らずでね」

隠居が答える。

障子戸に差す光が、さらに濃くなった。

御恩《ごおん》の光だ。

「……この一膳の倖せを」

だれにともなく、時吉は言った。

煮立ってきた煎酒の鍋のほうから、ほんのりといい香りが漂ってきた。

第二話　味くらべ

一

明けて文政《ぶんせい》六年になった。

正月の二日までは、おちよが実家の長吉屋《ちょうきちや》に戻る。のどか屋ものれんをしまい、時吉は一人で過ごす。

淑気《しゅくき》の漂う通りを歩くと、すがすがしい気分にはなれたが、一抹《いちまつ》の寂しさも感じた。江戸の正月のなかに、まだしっくりと入りきれていないわが身がいた。

そぞろに思い出されてくるのは、捨ててきた故郷のことだった。幸いにも、血縁の者が家名を継ぐことができたが、時吉が草鞋《わらじ》を脱ぐ場所はどこにもない。遠く離れた江戸の地で、西の空を見ることしかできなかった。

一人でぼんやりしているから、さようなことを思い出す。うしろばかり振り返ってしまう。

そう料簡した時吉は、いささか後手に回ってしまったが初詣《はつもうで》に出かけることにした。

今年は大川の向こうへ足を延ばし、富岡八幡宮に詣でた。人ごみのなかに身を置くと、新しい年の華やぎをそれなりに感じることができたが、また一人になると冷たい風が身にしみた。

西日に目を細くしながら、時吉は三河町ののどか屋に戻ってきた。だれもいない見世はがらんとしていて、貼り紙がいやにわびしく見えた。

そんな時を過ごしていたせいで、おちよが戻ってきたときはおのずと心が浮き立った。うっすらと雪が積もっていた世の中に、ぱっと一輪の花が咲いたかのようだった。

しかも、おちよはただ戻ってきただけではなかった。まったく思いがけない話をみやげにしてきたのだ。

「わたしが味くらべに？」

時吉は目をまるくした。

「ええ。去年はおとっつぁんが出たんですけどね、『おれは一度でいいから、弟子に任せる』って」

おちよは声色《こわいろ》を使って答えた。

「長吉師匠は味くらべに勝たれたわけじゃないでしょう。せっかくの捲土重来《けんどちょうらい》の場なのに、なぜわたしごときに」

「あたしも見たわけじゃないんだけど、毎年催されている味くらべっていうのは、ごく小人数の好事家《こうずか》が吟味して、料理人の甲乙を決めるんですって。乞われたから去年は出てみたけれども、どうもああいうのは性に合わないっておとっつぁんは言ってるの」

「なるほど……」

時吉は腕組みをした。

江戸でどれほどの味くらべが行われているか知らないが、段取りを整えるのに手間がかかるし、かかりも要《い》る。むやみに数が多いということはあるまい。

昨年、師の長吉が出た味くらべは、とくに正式な名称はない。お忍びで行われているから、結果がかわら版に載って江戸じゅうに広まったりすることもない。あくまでも通人たちの遊びとして、年に一度催されているようだ。

「でも、大げさに言えば、長吉屋ののれんがかかっている勝負でしょう？　そんな大役をわたしに……」

「おとっつぁんは、なにより見世の常連さんを大事にする人だから」

おちよは笑みを浮かべた。「味くらべに勝ったら賞品をもらえるとか、番付が上がるとか言われてますけど、あんまりそういう欲はないみたい。そのせいで、実力は大関とささやかれてるのに、番付はいつも前頭《まえがしら》の地味なところで」

娘としては、少し歯がゆそうだった。

「されど……」

思わず武家言葉が口をついて出た。時吉は咳払いをしてから続けた。「師匠は江戸に長吉屋ありと名を知られた料理人です。それにひきかえ、このわたしはまだ駆け出しの身、一介の小料理屋のあるじにすぎません。もちろん、番付に載ったこともありません。この神田界隈、いや、同じ町内だってのどか屋の場所を知らない人がいるくらいです。そんなわたしが、通人たちの仕切る味くらべにしゃしゃり出るのは、いくらなんでも筋違い、大関の土俵にふんどしかつぎが上がるみたいなものですよ」

「それがねえ、時吉さん。ちょいと話が違うの」

おちよの大きな瞳が、くりくりといたずらっぽく動いた。

「正月に戻ったとき、おとっつぁんにたずねたのよ。『今年も味くらべに出るの？』ってって。あたしとしても、おとっつぁんがあっさり負けちゃって悔しかったから、てっきりねじり鉢巻で来るのかと思ったら、『話は来てるが、受けるつもりはねえ。見世を閉めてまで出張《でば》っていくようなもんじゃない。この長吉屋で、ご常連さんのために料理をつくるよ』って、欲のないことを言うの」

「と言いますと？」

「師匠らしいですねえ」

漬物の仕込みをしながら、時吉は答えた。

料理屋の番付について、かつて師にたずねてみたことがある。長吉屋は前頭の中ほどばかりで、一度も三役に上がったことがないが、ちょっと低すぎるのではないか。師匠はどう思っているのか、と。

それに対する長吉の答えは、こうだった。

「番付の上のほうに載っちまったら、一見《いちげん》さんが群れをなして見世にやってくる。ま、どんなお客さんでもありがたいかぎりだし、一期一会《いちごいちえ》を軽んじちゃいけない。一見の客を低く見るようになったら、見世の敷居が高くなって、皿が上から出ちまう。ま、それでも、あんまり一見さんばかり来られて、日頃からかわいがっていただいてるご常連さんの席がどこにもないってことになると、こりゃあ本《もと》と末《すえ》が違う。とても申し訳が立たねえ。料理屋のなかには、賄賂《まいない》をしてまで番付の上のほうに載って、江戸じゅうから客をとにかくかき集めてもうけようっていう料簡のところもあるようだが、真似しちゃいけないよ。のれんには字や屋号が書いてある。だが、それだけじゃねえ。見えないものも書いてある。そいつは、味だ。味で勝負するのが料理人の心意気だよ。金で番付を買って、のれんに大関でござい、関脇《せきわけ》でございとこれ見よがしに書くような連中は、やがては味に裏切られるだろうよ。そう料簡しな」

いちいちもっともな言葉だった。

だから、師匠が味くらべに出るのを断るのは分かるのだが、だからと言って自分に白羽の矢を立てるとは……。

「でも、仇討ちじゃないけれども、代わりに出るのがわたしでは返り討ちが関の山でしょう。ほかに腕の立つ兄弟子がいろいろいるのに、わたしではとてもとても」

白菜に塩を振る手を止めて、時吉は言った。

「いえ、本当のことを言うとね、時吉さんに出ろっておとっつぁんが言ったわけじゃないの」

「は？」

「出るって言ったのは……あたし」

おちよはわが胸を指さした。

聞いてみれば、分かりやすい話だった。

「今年の味くらべは弟子に任せる」

長吉がそう言ったから、去年の雪辱《せつじょく》を試みようとしない父を歯がゆく思った娘が進んで手を挙げた。

「じゃあ、あたしが出る」

おちよの気性を考えれば、十分ありうることだ。

「なら、任せた。時吉とよく相談してやんな」

長吉はすぐさま言った。

そんな成り行きで、当人のいないところで出ることが決まってしまったという経緯だった。

「うーん、そりゃあ、おちよさんだけを出すわけには……」

「でしょ？　器用に皮を剝いたり、飾り切りをしたりするのは得意だけど、『おめえの料理は味が浅い』って、お正月に帰ったときもおとっつぁんに説教されたもん」

「かと言って、わたしの味が深いわけでは……」

「乗りかかった舟じゃない、時吉さん。もう岸を離れちゃったんだから」

おちよは手を振ってみせた。

「戻ることはできませんか」

ややあいまいな表情で、時吉はたずねた。

「ちょうど味くらべの世話人さんが来てたのね。だから、打てば響くように話が決まっちゃったの」

「はあ、そうですか」

「でも、あたしじゃさすがに長吉屋ののれんにかかわるので、味くらべは時吉さんが表に立っていただくことに……ごめんなさい」

先に頭を下げられたから、文句も言えなかった。

かくして、新年早々、時吉の身に難題が降りかかってきたのだった。

二

味くらべの段取りはこうだった。

晴れの場に出る料理人は四人。それぞれのもとに駕籠が着くが、場所を悟られぬように目隠しをされる。どこぞかの豪商の奥座敷らしいが、名前までは分からない。それぞれ一人まで、助けになる者を連れていくことができる。時吉の場合は、もちろんおちよだ。

勝負は一対一で、勝った者同士が再度戦うことになる。そこで勝利を収めれば、栄誉に加えて馬鹿にならない値打ちの賞品をもらえるという寸法だった。

味くらべの使いの者が、のどか屋に駕籠の来る日取りを告げにきた。頭の切れるお店者《たなもの》といった風情だが、ごていねいに暗い茶色の頭巾で面体《めんてい》を隠している。

「味くらべには、ほかにだれが出るか分かりますか？」

時吉より先に、おちよがたずねた。

「ええ、もちろん四人とも決まっておりますが……」

「だれです？」

「それは、お教えするわけにはまいりません。相手の料理を舌で検分して、あらかじめ思案したりすることなく、まっさらなところから始めるのが手前どもの味くらべの流儀でございますので」

「じゃあ、だれと戦うのかまったく分からないわけね」

「さようでございます」

頭巾が腰を折った。

「食材がお題になるわけでしょうか」

今度は時吉がたずねた。

「そういう年もありますが、またべつの趣向になることもございます。同じ趣向が二《ふた》年《とせ》続くこともあれば、がらりと変わる場合も」

使いの者はのらりくらりとかわした。

「旬の素材がお題になるばかりじゃないとすれば、あとはどのような趣向でしょう」

「それを明かしてしまっては、趣向になりませんので。まことに相済みません」

これ以上押しても、答えを引き出せそうになかった。敵はなかなかにしたたかだ。

容易にしっぽを見せない。

「醤油《したじ》などはそちらで？」

「はい。とりどりにご用意させていただいております。銘柄だけで十種以上になります。酢や味噌のたぐいも抜かりなく整えますので、とくに不便はなかろうかと存じます。どうか心安んじておいでくださいませ」

頭巾は急に能弁になった。

「でも、時が限られてるから、あんまり手間のかかるだしやたれをつくるわけにはいきませんね」

おちよが首をかしげた。

「それはご心配なく」

使いの者はすかさず言った。「だしやたれに関しましては、一瓶のみ持ちこめることになっておりますので」

「一瓶のみ、ですか」

「ええ。それ以外につきましては、昆布や鰹節、鯖節などをふんだんにご用意させていただきますので、その場でおつくりいただくことになります」

「分かりました」

時吉は答えた。

とりあえず、だしなどはその場でつくるとして、煎酒《いりざけ》でも持参することにしよう。あとは料理に合わせて按配すればいい。

そう肚《はら》をくくるしかなかった。

「この味くらべのために新調した厨《くりや》がございます。器につきましても、諸国、いや、南蛮わたりの物まで取り揃えてありますので、ご不満は生じぬかと存じます」

「そんな派手やかなものは、うちでは使ってませんから」

時吉の顔をちらりと見てから、おちよは笑って答えた。

期日は一月の末のさる日に決まった。

江戸の正月はなにかとあわただしいが、ことにその年はそうだった。

松がとれて間もない十二日、大火が起きた。麻布古川《あざぶふるかわ》から出た火は、あいにくの風に乗って広がり、品川に飛び火した。結局、鮫洲《さめず》あたりまで焼けてしまったから、正月から大変な災難になった。

のどか屋の常連はみな無事だったが、不幸にも亡くなった者、焼け出された者も多いと聞く。江戸の華と言われるけれども、火事はあらためて恐ろしいと思った。時吉とおちよは、常にも増して火の用心をするようになった。

味くらべの期日が徐々に迫ってきた。のどか屋が休みの日、時吉とおちよは長吉屋へ赴《おもむ》いた。昨年、味くらべに出た長吉から、少しでも助言を得ようと思うのは人情だ。

「一度出ただけだから、勧進元の肚まではちと読みきれねえなあ」

いつものように細みのねじり鉢巻きをきりりと締めた初老の料理人は、手を動かしながら答えた。

「でも、阿弥陀籤《あみだくじ》の途中までは察しがつくでしょ、おとっつぁん」

「途中まで察しがついたって、外れだったらどうする」

「うーん、ちょっとでも道筋が分かるほうがねえ」

おちよは時吉の顔を見た。

「今年も、旬のものがお題になりましょうか」

時吉はたずねた。

「そいつはどうかねえ。ま、去年は伊勢海老と鯛と大根の三題噺《ばなし》だったから、同じものは出ないだろうよ」

「そう思わせて、去年と同じとか」

と、おちよ。

「ないこともなかろうが、それならどうにかなるだろう。ただ、去年の三題噺は吟味役たちには意外だったようだな。『今年はばかに普通じゃないか』と一人がもらしてたくらいだから」

「じゃあ、普通じゃないお題が出るかもしれないわけね」

「そうだな。正月らしいおめでたいもの、ちょうど旬のものでありきたりの料理を出しても、連中は数寄者《すきしゃ》でたいていのうまいものは食ってるだろうから、おのずと点が辛《から》くなるだろうよ」

「吟味役は何人いるんでしょう」

　時吉が訊く。

「おれのときは三人だったな。そのうちの一人は頭巾をかぶってた。物を口に入れるときだけ、お付きの者が頭巾をそろりと上げるんだ。ありゃあ、ずいぶんと身分の高いお方だろうよ」

「ほかの吟味役は」

「さだめし大店《おおだな》のご隠居か通人か、どれもただ者じゃなさそうだったな。伊勢海老なんぞ食い飽きてるぞっていう顔をしてた」

「それじゃ張り合いがないわねえ、おとっつぁん」

「そうよ。伊勢海老でも鯛でもなんでもいいが、お客さんに『おおっ』と目を瞠《みは》ってもらわないとな。ま、もちろん、うまいものを食い飽きた吟味役たちに『おっ』と言わせられなかったおれの腕が甘かったんだが」

「何をつくったの？」

「伊勢海老は汁物、鯛は焼き物という具合に、あつらえかたはどこにでもあるがひと味変えてみた。ま、ちらりと凝《こ》った裏地を見せるようなもんだな」

「おとっつぁんはいつも作務衣《さむえ》じゃない」

「物のたとえだ。でも、まあ、妙な我《が》を張らずに味で勝負というのは、いかんせん地味だったかもしれねえなあ」

長吉は苦笑を浮かべた。

笑うとこわもてが消え、目尻にいくつもしわが寄る。

「すると、何かけれんを入れなければならないわけですか」

「無理するな、時吉」

師はすかさず言った。「おまえにはおまえの分に合った衣装があらあな。身につかねえものをまとったところで、栄《は》えはすまいよ」

「はい」

「味くらべと言ったって、どうあっても勝たねばならねえってものじゃない。負けたら見世を取られるとか、江戸市中引き回しのうえ獄門にかけられるとか、そういう勝負じゃない。せんじつめれば余興なんだから、負けてもともとで行け」

「分かりました」

「そういった場を踏んでいけば、料理にも深みが出るだろうよ。だから、出るのは悪いことじゃない。何かの糧《かて》になる。勝負は二の次よ。楽しむつもりでやんな」

「承知しました」

時吉は納得したが、おちよはまだ片付かない顔つきをしていた。

「でも、二年続けて負けたら、長吉屋ののれんに傷がついちゃうよ」

「つきゃしねえさ」

長吉は間髪《かんはつ》を容《い》れずに答えた。「うちは通人の客で持ってるような見世じゃない。料理人が我を張って妙な細工をして、『ほれ、おれの腕を御覧《ごろう》じろ』とばかりに皿を上から出し、ひねた客が手を拍《う》ってそいつをつけあがらせるような見世じゃねえんだ。余興の味くらべで負けて傷がつくようなのれんだったら、いっそ出さねえほうがましだろうよ」

「おとっつぁんの言うことは分かるけど、出るからには負けたくないじゃない」

「なら、愛想でもふりまいとけ。出戻りの年増の色気をふりまいたら、吟味役の一人くらいは寝返るかもしれんぞ」

「出戻り、だけ余計よ」

おちよは、ぷうっとほおをふくらませた。

三

その日が来た。

今日ののどか屋は休みだ。すでに札を出し、四つどき（午前十時）に到着する駕籠を待っているところだった。

一瓶だけ持ちこめるだしやたれは、すでに煎酒を詰めておいた。もっと凝ったものをとも考えたのだが、どんなお題を出されても動じず、身の丈に合ったものをつくるという心構えだから、ありきたりのものにしておいた。

「来るなら早く来てくれないかしら」

おちよがため息をついた。

「もうまな板の上に載ってるみたいな心地です」

忘れ物はないか検分しながら、時吉が答える。

「目隠しをされて、どこぞかへ連れて行かれるんでしょう？　なんだか、かどわかされるみたい」

おちよは笑ったけれども、いつもより弱々しかった。

足音が近づき、外に人影が見えたから、てっきり迎えかと思ったが、違った。

障子戸を開けて入ってきたのは、安房屋辰蔵だった。

「なんだ、ご隠居さん」

『なんだ』はごあいさつだね、おちよちゃん。せっかく見送りに来たのに」

そう言いながらも、目は笑っていた。

味くらべの件は大事《おおごと》にせぬようにとのお達しだったが、季川と辰蔵、二人の隠居にはわけを話していろいろと知恵を出してもらった。

おかげで、旬の素材を使う味くらべならこれ、逆に季を先取りするならこんな按配と、さまざまな道筋を考えることができた。

「どうだい、時さん。だいぶ気が乗ってきたかい」

「まあ、乗りすぎてもいけませんので、ふだんどおりにできればと」

「ああ、その落ち着きがありゃなによりだよ」

「あたしはもう胸がきやきやしちゃって」

おちよが両手の指を組み合わせた。

「はは、なるようになるさ。ここで相談してたお題が出るかもしれないし」

「だといいんですけどねえ」

「相談していても、『両国の川開き』なんていうお題がほんとに出たら困ります」

道具の検分を終えた時吉が言った。

「『初めての富士詣で』も困るねえ。何で富士のお山をつくるかがまず問題だ」

「やっぱりお米かしら」

「それなら染飯《そめいい》にしなきゃならないだろうね。頂《いただき》のほうは白くてもいいだろうけど」

「いきなりそんなお題が出たら、昼だけで満腹になってしまいますね」

と、時吉。

「ああ、そうか。昼と夜とぶっ通しでやるんだったね」

「初めに負けたら、昼でおしまいですけど」

「最後まで見届けるわけにはいかないのかい？」

「いえ、負けたら駕籠ですぐお帰りいただく段取りだと、世話人が言ってました」

「そりゃ精《せい》のない話だねえ」

「だから、一つは勝って、日が暮れてから帰りたいものね、と時吉さんと話をしてたんです」

「日の高いうちに戻っても、見世を開けるわけにもいきませんし」

「そうだねえ。ま、相手次第だが……」

と、隠居がそこまで言ったとき、駕籠の掛け声が響いてきた。

はあん、ほう……。

はあん、ほう……。

先棒と後棒の声が響き合い、のどか屋の前で止まる。

迎えが来た。

駕籠は二挺《ちょう》あった。しかも、つややかな黒塗りの法仙寺《ほうせんじ》駕籠だ。民間用では最も格式の高いもので、普通は正装に威儀を正さなければ乗れない。

「これに乗るんですか？」

おちよが目をまるくして使者にたずねた。

「さようでございます。それから、まことに相済みませんが、場所を悟られぬように、これを」

使者は短い帯のようなものを取り出した。どうやら目隠しらしい。

「なら、気をつけて。落ち着いておやんなさい」

辰蔵が言う。

「行ってまいります」

人目もあるから、時蔵は進んで駕籠に乗りこんだ。隠居に礼をしてから、あきらめたようにおちよも続く。

使者は手早く目隠しをすると、駕籠かきに「手筈どおりに」と短く命じた。

へい、と気の入った声が響き、駕籠が動き出した。

目隠しで何も見えないが、音は聞こえるし、匂いもする。それをたよりに、時吉はどこへ向かっているか詮《せん》じつけようとした。

坂になると、駕籠の中の身が傾く。上りか下りか、長い坂かどうか、それもあらまし分かる。

ことに分かりやすいのは橋だ。まず上り、渡りきってから下る。

ずいぶん揺られたが、長い橋は一つも渡らなかった。してみると、大川の東側、すなわち両国や深川界隈ではないらしい。

すれ違った徒歩《かち》の者が声高《こわだか》に雛市の話をしていた。とすれば、十軒店《じゅっけんだな》が近いのか。

やはり味くらべの舞台は日本橋のどこかか。

そんな具合にさまざまに思い巡らしていたのだが、それをあらかじめ察していたのかどうか、駕籠は左へ右へとむやみに曲がるようになった。すべての道筋を覚えられないようにするためだろう。

同じところを無駄にぐるぐる回っているような気もしたが、相当揺られてからようやく駕籠が止まった。

もちろん、目隠しはまだ取られない。構えを見られてはまずいからだ。

「お足元にお気をつけくださいまし」

べつの世話人が手を引いて、時吉を中に招じ入れた。うしろからおちよも続いているようだ。

大店《おおだな》の裏口から入ったような気がしたが、何をあきなう見世なのかは匂いでは分からなかった。漂ってくるのは、白木のいい香りだけだ。

長い廊下は、軋《きし》み音《ね》一つ立たなかった。やはり大店の隠居所か、それとも……。

時吉が思案していると、ふすまを開ける音がした。

「どうぞ、こちらへ」

世話人とおぼしい男が言う。

座敷には人の気配がした。

息遣いで分かる。それも、一人ではない。

「ご窮屈だったでしょう。外させていただきます」

世話人が目隠しを取った。

まばゆさに瞬きをすると、おもむろに視野が定まった。

何畳ほどあるだろうか、青々とした畳の上に、錦糸縫いの朱色の座布団がいくつか置かれている。その上に座っていた二人の先客が、時吉に向かって目礼をした。

「あとお一人でございます。助太刀の方は、こちらへ」

おちよと目が合った。さすがに不安そうな顔つきだ。

助っ人は控えの間に案内《あない》された。

「名乗りはあとで結構ですので、どうかごゆるりと。ただいま茶を運ばせます」

手で座布団を示すと、世話人は控えていた女に合図をした。

黒檀《こくたん》の長机がつややかに光っている。猫足の丸みがなんとも上品な机の上には、菓子皿がいくつか載せられていた。

驚いたことに、どれも古清水《こきよみず》だ。青に緑、それに金彩まで施された深い色合いの皿の上には、おそらく南蛮わたりだろう、ついぞ見たこともない菓子が盛られていた。

「なお、わたくしどもなりに結界を張らせていただいた清浄なる場でございますので、私語は慎んでいただきたいと存じます」

番頭風の世話人はそう言って、深めに腰を折った。

「承知しました」

気圧《けお》される思いで、二人の先客に目礼すると、時吉は端のほうに座った。

味くらべには普段どおりの心持ちで望むつもりだから、いつもと同じ渋い茶色の作務衣を身につけてきた。なによりこれが動きやすい。

背筋の伸びた初老の男も、藍色のこざっぱりとした料理人らしいなりだった。しかし、三十がらみだろうか、もう一人の男はとても料理人には見えなかった。

白地に描き絵の小袖をまとっているのはまあよいとして、その図柄が尋常ではなかった。梅に鶯、朱が鮮やかに散っている。男の着るものではない。

おまけに化粧《けわい》を施し、唇には朱がさしてあった。髪には金色《こんじき》の簪《かんざし》まで飾っている。役者が間違ってこの場に座っているかのようで、時吉はすっかり度肝を抜かれた。

座るとすぐ茶が運ばれてきた。

産地はどこかひと目では分からないが、赤織部《あかおりべ》のすっきりとした湯呑みだ。

女は一礼して去った。

なんとも息の詰まるひとときだった。どのようにして競うのかは分からないが、これから戦う相手と互いに黙ったまま過ごさなければならないのだから。

時吉は茶を半分ほど呑んだ。しきりに喉が渇いた。

いったんふすまは閉められた。欄間から初春《はつはる》の光が差しこんでくる。鴛鴦《えんおう》に松竹梅をあしらった細工は目を瞠るほど手のこんだものだった。

女小袖の男が菓子皿に手を伸ばした。かすていらのようだが、黒っぽくて正体が分からない。剣呑《けんのん》なものはやめにして、時吉は金平糖《こんぺいとう》を少し口に運んだ。前にも食したことはあるが、半ば透き通ったそれは、南蛮わたりの砂糖でも使っているのか、実に上品な味がした。

ややあって、はたりはたりと足音が近づいてきた。世話人が案内する声が聞こえる。最後の料理人が着いたらしい。

ふすまが開いた。

「これで、そろわれました」

世話人が言う。

「お待たせをいたしました」

遅れてやってきた料理人が凛《りん》とした声を発した。

そのいで立ちを見て、時吉は思わず息を呑んだ。

羽織袴《はおりはかま》はつややかな白装束だった。胸には茜《あかね》色のたすきを斜めに掛けわたしている。まるでこれから仇討ちにいくかのような雰囲気だった。

これが男なら、負ければ腹を切るくらいの覚悟で味くらべに臨んできたということで腑《ふ》に落ちる。

だが、最後に現れたのは、女だった。

しかも、見るからにまだ若い、娘の料理人だった。

四

料理人がすべてそろったところで、世話人が段取りの説明を始めた。

まず銘々が名乗る。続いてくじを引き、初戦の組み合わせを決める。

お題は袋から紙を引いて決める。細工は何もない。

厨はべつにしつらえられている。食材と調味料、それに盛り付けをする皿や器などは、あらかじめひとわたり検分してもらう。

二番目の組み合わせになった者たちは、控えの間で待っていても所在がないだろうから、厨が見える座敷で待機してもらう。

料理をつくるのは、半時（約一時間）以内とする。四半時（約三十分）経ったら、太鼓で知らせる。

できあがった料理は奥座敷に運ばれ、三人の吟味役が食す。料理人もその場に立ち会う。そして、甲乙いずれが勝るか、旗を上げて決める。

負けた者は、そのまま駕籠で帰ることになる。勝った者はしばしの休みのあと、再びお題を得て最後の戦いに挑む。こうして勝ちを重ねた者には、味くらべの覇者として賞品が授けられる。

ざっとそのような段取りを、世話人はよどみなく語った。

続いて、名乗りの段になった。

歳の順に、まず背筋の伸びた料理人から口を開いた。

「彩屋《いろどりや》の治兵衛《じへえ》と申します。柳橋《やなぎばし》で料理茶屋を開かせていただいております。どうぞよしなに」

小鬢《こびん》に白いものが目立つ料理人は、短い名乗りを終えると、唇をきりっと結んだ。

「両国の川開きのあと、彩屋さんの二階で酒宴を催すのは、番付にも載っているぜいたくとされています。この道四十年、江戸の食材のすべてを知りつくした手だれの料理人であられます」

世話人がにこやかに紹介する。

次は、例の女小袖だった。

「黄金屋《こがねや》多助《たすけ》です」

抜けるような声だった。

「思うところあって、わたしは見世というものを構えておりません。お声がかかったときだけ出かけ、先様の厨にて調理をいたします。来る日も来る日も、同じものをつくって出すのは性分じゃないもんで。同じ料理なんて、二度とつくる気がしませんね」

顔に化粧を施した男は、挑むようなことを口走った。ひと呼吸おき、さらに続ける。

「料理に求められるのは、なにより華です。江戸の料理には華がない。実ばかり食って、なんの人生ですか。わたしはだれも見たこともない華を咲かせてみせましょう」

黄金屋はそう言って、髪に挿《さ》した金色の簪にちらりと手をやった。

師の長吉が味くらべに出るのを嫌がっているわけが分かったような気がした。こういう「皿を上から出す」料理人を、師はなにより嫌う。

だが、こういう場では、けれん味のある料理のほうがおそらく華があって栄《は》えるだろう。いささかげんなりする思いで、時吉は女装の料理人を見ていた。

次は時吉の番になった。

「のどか屋の時吉です。ゆえあって刀を捨てて包丁を選びました。神田の三河町にて、小さな見世をやらせていただいています。よろしゅうお願い申し上げます」

ほかに誇るべきものはとくにない。時吉はあいさつを短く終えた。

「昨年お呼びした長吉屋さんの一の弟子であられます。師匠ゆずりの包丁さばきで、さて仇討ちが叶いますでしょうか。興味津々でございます」

世話人がそんなことを口走ったから、背中に汗をかく思いだった。

一の弟子ではないし、仇討ちをと意気込んでいるわけでもない。しかし、世話人にも段取りがあるだろうから、あえて異は唱えなかった。

最後に、娘料理人の番になった。おのずとまなざしが集まる。

「紅葉屋《もみじや》の登勢《とせ》と申します。ふつつか者ですが、よろしくお願い申し上げます」

両のこぶしを正座のひざに置き、娘料理人は礼をした。

まだあどけなさの残る顔だが、身を前に倒すと豊かな胸の谷間がちらりとのぞく。

髪はたすきと同じ茜色の帯でうしろに束ねていた。

「さて、実を言いますと、紅葉屋さんは……」

いままでとは少し違う面持ちで世話人が語りだしたが、お登勢はすぐさま待ったをかけた。

「お待ちください。本日は、ただの『紅葉屋の登勢』で味くらべに臨みたいと存じますので」

娘は謎めいたことを口走った。

「すると、注釈めいたものはいらないと……」

「はい」

お登勢はまた凜とした声で答えた。そのこぶしをつくったままの手元を、時吉はじっと見つめた。

「では、名乗りが終わったところでくじを引いていただきましょう」

世話人は、ぽんと両手を打ち合わせた。

小袖の女が繻子《しゅす》の袋を運んできた。花吹雪の裾模様が華麗だが、それでも黄金堂の衣装のほうがよほど派手だった。

袋からは白いひもが四本のぞいていた。一本ずつ引いていく。

何か背負ったものがありそうなお登勢と戦うのはなんとなく気が進まないなと時吉は思ったが、幸いにも違った。

初戦の相手は、黄金堂多助だった。引いたひもの先がどちらも紅く染まっていた。

「紅の組が先、白が後ということにさせていただきます」

多助がちらりと時吉のほうを見た。挑むようなまなざしだった。

俄然、やる気になってきた。金色の簪を挿して料理をつくるようなやつに負けたくはない。

「それでは、ただいまから厨の検分に移らせていただきます。食材もいまや遅しと待っておりますので」

「お題はいつ分かるんでしょう」

多助がたずねた。

「ひとわたり検分が終わり、吟味役がすべてそろったところで、袋の紙を引いていただきます」

「分かりました」

「では、厨へと案内させていただきましょう」

うやうやしく頭を下げると、世話人は先に立って歩きだした。

厨はそう遠くなかった。

廊下の突き当たりを曲がり、琳派《りんぱ》のふすま絵が描かれた扉を開けると、思いがけず広々とした場所に出た。そこが味くらべの舞台だ。

「ほう」

彩屋治兵衛が嘆声を発した。

天井がいやに高く、芝居小屋めいた造りになっていた。厨を見下ろす高いところに座敷がある。どうやらそこから吟味役が見物するらしい。

厨も存分に広く、一度に多くの鍋を火にかけることができた。水はあらかじめ汲んであり、黒塗りの桶がずらりと並んでいる。場所の正体を悟られぬよう、屋号のたぐいは入っていなかった。

奥には、紅白の縞模様の大きな幕が張られていた。そのあたりも、ずいぶんと芝居がかっている。

「お披露目《ひろめ》でございます」

世話人が女に命じ、幕を開かせた。

現れいでたのは、味くらべの食材だった。

海の幸から山の幸まで、大小とりどりの竹籠に入れられたものを見て、また嘆声がもれた。

無理もない。鯛だけを取り上げても、大ぶりなものから赤みが美しい桜鯛や甘鯛、それにぎゅっと締まった小鯛まで、申し分のない品ぞろえになっていた。

しかも、目の光がいい。それを見ただけでも新鮮さが伝わってきた。

「できるかぎり、とれたてのものを按配させていただきました」

世話人は自慢げな口ぶりだった。

「海老ひとつを取り上げても、反りの美しさが違いましょう?」

と、見事な伊勢海老を指さす。

その向こうには鴨や鳩などの鳥類、果ては猪や小ぶりの鹿までそろっていた。

生《しょう》のものばかりではない。野菜もまた見事だった。人参だけでも、色や形の違うものがふんだんに用意されていた。

「これは滝野川《たきのがわ》の人参ですが、その向こうに置いてございますのは、京から早飛脚でわざわざ取り寄せたものです。赤みの深さが違いましょう?」

世話人がまた指さした。

「目移りがいたしますね」

彩屋治兵衛が言った。

「そうでございましょうとも」

「これだけのものを按配していただいて、料理人冥利に尽きるかと」

「ありがたく存じます。調味料のほうも、諸国から八方手を尽くして取り寄せましてございます。こちらへ」

世話人が次に案内したのは、むやみに瓶や甕《かめ》が並ぶ棚だった。それぞれに産地の名が記されてある。

世話人の言《げん》に偽りはなかった。

醬油だけを取り上げても、下総《しもうさ》の野田や銚子から、播州《ばんしゅう》播磨《はりま》、紀伊《きい》湯浅《ゆあさ》などの下り醬油まで、品ぞろえにはまったく抜かりがなかった。

味噌に至っては、信州や加賀といった産地ばかりでなく、遠く津軽や讃岐《さぬき》のものまで取り寄せられていた。讃岐産のものは、ほかにも塩や極上の和三盆《わさんぼん》という砂糖も到来していた。

「助っ人の方も、どうか遠慮なくご検分ください」

世話人が言う。

料理人の助っ人はそれぞれに異なっていた。彩屋治兵衛は一の弟子がつとめているらしく、いかにも腕が立ちそうだった。

黄金堂多助の助手は、前髪をきれいに切りそろえていた。と言っても、女ではない。これまた化粧を施した美少年だった。いかなる関係かは分からないが、小姓のようないで立ちだ。

お登勢の助っ人は、かなりの年配と見受けられる男だった。娘料理人の後見役としてはうってつけかもしれない。

野菜の検分をしているとき、その男と目と目が合った。向こうは時吉の右のこめかみのあたりにちらりと目をやり、すぐ目をそらした。

こめかみからほおにかけて、自ら焼いたやけどの跡がある。思うところあってそうしたものだが、過去のいきさつは一応のところ水に流れても、やけどの跡だけは消えてくれない。

年配の助っ人は、時吉のそのあたりを見た。時吉もまた、同じようなまなざしを送り、ふと視線をすべらせてお登勢のほうを見た。気の入った顔つきで、青光りのする魚の品ぞろえをたしかめている娘料理人の手元に、またちらりと目をやった。

「では、検分はここまでとさせていただきます」

世話人の声に応じて、太鼓がどどんと打ち鳴らされた。

厨の端のほうに、いなせなねじり鉢巻きの打ち手がいる。味くらべの趣向はどこまでも大掛かりだった。

「白の組の方々は、そちらへ」

世話人は手前の座敷を示した。

その上には、高みの見物をするために張り出した座敷がしつらえられている。このほかに、料理を食して判定を下す奥座敷があった。

ととん、とん……と太鼓の調子が変わった。

吟味役が姿を現した。

三人いた。

大店の旦那とおぼしい恰幅《かっぷく》のいい男。一見したところでは正体の分からない、癖のある顔つきをした通人風の男。そして、最後に付き添いを従えてゆっくりと入ってきた者は、紫色の光沢のある頭巾を頭からかぶって面体を隠していた。

「では、準備万端整いましてございます。これよりお題を引いていただきます」

また女が現れ、繻子の袋を持ってきた。今度の袋は金彩が鮮やかだ。

「年かさの方に引いていただきましょう。黄金堂さん、どうぞ」

そう言われた多助は、白塗りの顔にちらと苦笑いを浮かべてから、おもむろに袋へ手を伸ばした。

地鳴りのように響いた太鼓が止《や》んだ。

「さて、お題は」

世話人が声の調子を上げる。

「花、でございます」

芝居がかった口調で、黄金堂多助は引いた紙を示した。

達筆でしたためられた「花」に、彩筆で朱い花びらが描かれている。

「初めのお題が決まりましてございます」

世話人はにこやかに言うと、こう言い添えた。「むろん、ただの花ではございません。まだ風は冷たく、花の便りは聞こえてまいりませんが、この味くらべの場に華麗なる桜の花を存分に咲かせていただきたいと存じます」

「桜ではありませんが、用意した木の枝を使ってもかまいませんか?」

多助がたずねた。

「串でしたら、さまざまなものがございますが」

「いえ、ただの飾りです」

世話人は高みの座敷を見た。

頭巾がうなずく。

「承知いたしました。だしやたれのたぐいは一瓶に限らせていただいておりますが、せっかくお持ちいただいた飾りは、どうぞ心置きなくお使いくださいまし」

「痛み入ります」

多助の顔に笑みが浮かんだ。

「では、初めの味くらべでございます。いかなる花景色が生まれますか、興味津々でございます。始めていただきましょう」

どん、と一つ太鼓が鳴り、味くらべの勝負が始まった。

五

食材の検分をしているとき、時吉とおちよは小声で相談をした。

お題がどんなものになろうとも、まずだしをとる。同時に、飯を炊く。量の加減は題によって変えるが、いしずえになるものをつくらなければ始まらない。

とにかく、焦らないこと。

華やかな場に出ても浮足立たないこと。地に足をつけて、のどか屋らしい料理をお出しすること。

それで負けたら致し方ない、と語り合っていた。

だが、いざお題が出てみると、急に頭の中にかすみがかかった。

何も浮かばないということはない。桜に見立てるための赤い食材なら、この厨にたんとある。

しかし、あまりにもありすぎた。その中から何を選び、どのような献立にするか、短いあいだに決めなければならない。

料理をつくる時は限られている。無体《むたい》とも思える短さだ。早く献立を決めて料理に取りかからねばという焦りが、かえって頭をかすませる。

さらに、追い打ちをかけたのは黄金堂多助の動きだった。始めの太鼓が鳴るや、小姓のような助手に二言三言かけると、竹籠を小脇にかかえてきびきびと動きだした。伊勢海老や鳩などの食材を次々に籠に入れていく。その動きには、いささかの迷いも無駄もないように見えた。

「時吉さん、見ちゃ駄目」

おちよの声で、時吉は我に返った。

「人は人、こっちの料理に集中しなきゃ」

「分かりました」

太息《ふといき》を吐き、時吉は削ったばかりの鰹節を笊《ざる》に入れた。

おちよは飯の準備だ。まだ桜のつぼみすら浮かんでいない。

一方の多助は、金色の柄《え》の包丁をひらめかせながら、鳩や伊勢海老をたちどころにさばいていた。水際立った鮮やかさだ。

見まいとしても、座敷からもれる嘆声で分かる。人の目を引きつける料理の技を、女装の料理人は十分に心得ていた。

時吉は息を整えた。
師の長吉からは、こう教わっている。
だしは心を落ち着けてとれ。
心がだしにあらわれる。
濁りや曇りのないだしがとれたら、その後の料理もうまくつくれる。
だしは、心でとるんだ。

その言葉を思い出し、のどか屋にいるつもりで、落ち着いて段取りを進めた。
ほどなく、一番だしがとれた。
鰹節と昆布でとった、朝の光にも似たさわやかな色のだしだ。
味見をする。
鰹節の香りが、つん、と鼻を抜けた。
もう少し呑む。
喉から胃の腑《ふ》へ流れ落ちるとき、甘やかな昆布のとろみも感じた。
よし、と時吉は思った。

と同時に、どこからか御恩の光が差しそめ、幕が上がるかのように「花」の料理の案が浮かんできた。いままでせき止められていた水が、とうとう流れはじめたのだ。

おちよは飯の仕込みを終え、だしがとれるまでに胡瓜《きゅうり》を巧みに切って松の飾り物をいくつかつくったところだった。どんな料理になろうとも、青い松なら邪魔にはなるまいという読みだ。

「次は？」

おちよは短くたずねた。

「料理の一つは、造りに」

「はい」

「飯は寿司にしてみます」

「承知。お吸い物は？」

「花椀で。花びらの見立ては、わたしが」

簡単なやり取りで通じた。同じ見世を切り盛りしている。このあたりは阿吽《あうん》の呼吸だ。

遅ればせながら、時吉は素材を、おちよは盛り付けをする器を取りにいった。

器もとりどりに用意されていた。赤絵や色絵など、絢爛《けんらん》たる大皿が目を引く。いかなる手づるをたぐったものか、南蛮わたりのセーブル窯《がま》の色絵皿まで置かれていた。これまた迷いだしたらきりのないところだが、おちよは派手やかなものにはいっさい目もくれなかった。あでやかすぎる絵皿などは、下手《へた》に用いると料理の彩りを殺してしまうからだ。

器には器の分際がある。

おちよは父からそう教わっていた。その教えを守り、ふだん使っている笠間《かさま》などの地味な器をひとわたり選んだ。

片や黄金堂多助は、いち早く仁清《にんせい》の大ぶりの色絵皿を運んだ。その上に調理を終えた食材を載せ、絵巻物のごときものをつくっていく。

立派な伊勢海老を二尾さばき、身を取り出して背わたを周到に抜き、殻だけ茹でる。海老の赤の鮮やかさを出すためだ。身は冷水にさらして洗膾《あらい》にし、手前に盛り付ける。ここまでは穏当だが、多助の料理は上へ伸びていった。用意した二本の枝を伊勢海老の殻に差し、ともに斜めに傾《かし》がせ、なぜか中空で結んだ。たちまち小さな山のような形ができあがる。

吟味役の目は、時吉ではなく多助のほうに集まっていた。

「黄金堂はいったい何をつくる気なんでしょう」

大店の旦那風の男が首をひねる。

「さて、富士のお山でございましょうかねえ」

風流人めいた雰囲気の男が答えた。

「してみると、お題の花はどうなりましょうや」

「富士の高嶺《たかね》に花吹雪という見立てやもしれませんぞ」

「なるほど、それは風流」

紫頭巾だけは話の輪に加わらなかった。脇に控えている者に、ときどき小声でなにやら問いかけるばかりだった。

多助は鳩もきれいにさばいて、外の姿だけを残した。まだ生きているかのような目の光だ。

鳩の身は包丁でたたいた。ここでも多助は歓声をあげさせた。二本の包丁を用い、目にもとまらぬ速さで動かす。小気味いい音が厨に響き、鳩の肉はたちまち細かく切り刻まれた。

これに白味噌と胡麻油を交ぜ、葛粉を水に溶かしたものでつなぐ。さらに手で器用に形を整え、いくらか大ぶりだが花びらのごときものに仕上げていく。

さすがにこれだけでは食せない。多助は鍋で焼きに入った。

鳩団子とでも称すべきものを焼く前に、味くらべに持参した一瓶を吟味役に向かって示す。

見たところ、それは黒っぽい液体で、醤油にしか見えなかった。

「何かわけのある醤油でしょうかね」

「いや、醤油と見せかけて、まるで違うものという趣向では？」

図星だった。

黄金堂多助は芝居がかった礼をすると、瓶の中身の正体を明かした。

「いんぐれす渡来の、臼田《うすだ》さうすでございます。これをば、焼いた鳩肉に回しかけますと、えも言われぬ芳香が立ちのぼります」

と、誇らしげに瓶を掲げる。

「ほう、いんぐれす渡来の」

「聞いたことがありませんな。いかなる味になりましょうや」

「なかなかやりますのう」

紫頭巾を除く吟味役は歓迎の口ぶりだった。

「では、さっそく」

多助は鳩団子を焼きはじめた。

表裏をほどよく焼き、塩を振りかけ、最後に臼田さうすを回しかける。たちまち嗅いだことのない香りが立ちのぼった。

どどん、どん、と太鼓がだしぬけに鳴った。

「あと小半時（約三十分）でございます。抜かりなきよう、お願いいたします」

世話人が声を張り上げた。

あっと言う間に半ばを過ぎたが、時吉のほうはまだ何も形になっていなかった。

花に見立てるのは、まず海老だった。多助が使った伊勢海老のような大ぶりのものではない。いたって小ぶりだが、色合いのいいものを選んだ。

頭と背わたと殻と尾を取り、海老らしくなくなったものを開いて串を打つ。これをあぶって白焼きにする。さらに、溶かした玉子の黄身を刷毛《はけ》で塗り、さっとまたあぶる。

手間はかかるが、これによって海老の赤がひときわ鮮やかになる。味くらべが終わる間際にだしを張り、赤い具を入れて木の芽をはらりと振りかければ、花椀のできあがりだ。緑のもので隠すことによって、海老の赤が花になる。水面《みなも》で揺れる、光に照り映えた桜の花の風情に変わる。

おちよは酢めしをつくった。のどか屋得意の起こし寿司をつくり、花散る春の野に見立てるという趣向だ。

花に見立てる赤い具は、まず車海老だった。この下ごしらえにも手間がかかった。殻をむいた車海老を、煎酒に塩を交ぜたものに浸して下味をつける。しかるのちにほどよく蒸すと、赤い身がぷっくりと仕上がる。

次に、おちよが花びらに見立てて飾り切りをした京人参を、煎酒とだし、それに醤油を加えたもので煮る。これまた深い色合いの赤になった。

時吉は錦糸玉子をつくっていた。多助はくどいばかりに口上を述べる。その声はおのずと耳に届いたが、焦るな、焦るなとわが身に言い聞かせながら一つずつ段取りを進めていった。

黄金屋多助の仁清の色絵皿は、さらに派手やかになっていった。

焼いた鳩団子を枝に次々に刺し、その上から彩りを加えていく。弟子とともに次々につくっていったのは、同じ玉子を素材に用いていても、時吉よりはるかに目を奪うものだった。

錦糸玉子ならぬ、金箔銀箔をふんだんに用いた金糸玉子、銀糸玉子を帯状に切り、手妻師《てづまし》のごとき手つきで枝に掛けていく。

赤もあった。食紅を溶かした紅焼玉子だ。これは越瓜《しろうり》を切ってつくった花びらの型で抜いていく。

花びらは鳩団子に一つずつ付けていった。始めは枯れ木だった枝で、目もあやな花が次々に開きはじめた。

「ひと足早い花見ですな」

「風流、風流」

多助の趣向は吟味役の心をつかんでいた。

表情の見えない紫頭巾まで、金糸や銀糸が枝にかかるたびに手を拍《う》って喜んでいた。

そのあいだ、時吉はていねいにつくった錦糸玉子で酢めしを覆っていた。その上から色合いの異なる青物を散らし、さらに花びらをあしらう。

やがて、一幅《いっぷく》の画《え》ができあがった。

どこかなつかしい山里の野は、いちめんの菜の花だ。その心やさしい黄色の上に、桜の花びらが降り注いでいる。

近くでは小川の水が流れている。そのあたりは草の青が目にしみるほどだ。

赤を際立たせるためには、ほかの色を巧みに用いなければならない。さまざまな赤を按配しても、互いに食い合ってしまうばかりだ。

青と黄もその役割を果たしていたが、最後に置いた白が画をぐっと引き締めていた。

輪切りにした蓮根《れんこん》を多めに酢を加えた湯で茹で、その白さを際立たせる。それを一つだけ、水車に見立てて端のほうに置いたのだ。

たった一つの白。それも縦に置かれたものが鮮やかだった。

「入れてよかったね」

おちよが言う。

水車を入れるのは、彼女の思いつきだった。

「締まりましたね。では、句を」

「あい」

おちよはふところから矢立を取り出した。

鬼面人を威《おど》す黄金堂多助とは逆に、いたって地味だが、それがのどか屋の趣向だった。

残りの時は少ない。句を考えているいとまはなかった。

　みづぐるましづかにまはれ花の昼

おちよが達筆でしたためているあいだに、時吉は次の料理に移っていた。

桜鯛の姿造りだ。

おちよが五七五の言葉をあしらうとすれば、時吉は造り身だ。五切れ、七切れ、五切れ、七切れと、ふぞろいにならないように盛り付けていく。

腹のわたを取ったところをいかに隠し、鯛が盛り上がっているように見せかけるかも腕の見せどころだ。大根やわかめや人参、さまざまな具材を用いておちよが剣《けん》をつくり、鯛の反り具合を見ながら下に敷いていく。

息が合った。

一度死んだ鯛が息を吹き返し、その身に力がみなぎっていくかのようだった。

煎酒はここでも用いた。上方《かみがた》の白醤油と合わせ、造りのたれにする。さっぱりとして、深い。

どどん、とまた太鼓が鳴った。

今度は鉦《かね》まで加わった。残りの時は少ない。

「いよいよ、味くらべも大詰めでございます」

世話人が張りのある声で言った。

「あと、太鼓の音が三百でございます。打ち終われば、そこでただちに手を止めていただきます」

「合点、承知」

多助は打てば響くように答えると、小姓に目配せをした。

「世を明るくいたしましょう」

助手が二本の蠟燭を運んできた。尋常なものではない。青と赤に彩られた、長いねじり蠟燭だ。

それに火をつけ、蠟涙をしたたらせて二尾の伊勢海老の近くに立てると、鳩団子に付いた花びらの朱がいっそう際立った。

だが、それで終わりではなかった。

「なるほど、最後にそれが」

「いや、これはこれは……」

吟味役席がどよめく。

朱を引いた唇の端に会心の笑みを浮かべると、女装の料理人はあるものを高々とかざした。

鳩だった。

助手が詰め物を施したおかげで、それは肉をくりぬかれてもなお生きているように見えた。

二本の枝がなぜ中空で合わさっているのか、その謎が最後に解けた。

そこに鳩を据えると、また嘆声がもれた。

梅に鶯とは言うが、桜に鳩。だれも考えなかった取り合わせだ。

「光を浴びて、春の空を舞え、鳩よ」

歌舞伎役者のような見栄を切ると、黄金堂多助は最後の仕上げを行った。

盛大に金箔を撒《ま》いたのだ。それは鳩の羽に惜しみなく降りかかった。

時吉とおちよは仕上げを急いでいた。

太鼓の残りは百を切った。

もう時がない。

「造りを」

「あい」

交わす言葉も短くなった。

時吉は花椀の仕上げにかかった。早めにだしを張ったら冷えてしまう。ゆえに、最後の最後まで残しておいたのだ。

鰹節を削るところから始めただしを張ると、花に見立てた海老の赤がなおいっそう鮮やかになった。

その上に、そっと木の芽を置く。緑の陰に満開の桜が見える景色になった。

おちよは桜鯛の造りの皿に細工物の松を飾り終えた。

あとは俳句だ。

海のものの背にも残るや花のいろ

赤と青の取り合わせから、たちどころに一句を得て短冊にしたためる。

「こちらもお願いします」

花椀を仕上げた時吉が言った。

太鼓の残りはあとわずかだ。

「十九、十八……」

おちよは目を閉じた。

ほどなく、かそけき言葉の光が向こうから差してきた。

ただちに手を動かし、短冊に書きとめる。

春や春すべてはここに花の椀

椀、と書き終え、花椀に添えたところで、最後の太鼓が鳴った。

もう言葉も出なかった。

時吉とおちよは、目を見合わせて長い吐息をついた。

六

味くらべの料理は奥座敷に運ばれた。

三人の吟味役が上座に座り、それぞれの料理の舌だめしをする。座敷には料理人だけが上がり、助手は厨で後片付けをしながら首尾を待つという段取りだった。

まず黄金堂多助の料理から舌だめしが始まった。

多助はここでも趣向を見せた。鳩団子は焼かれてからかなり経っている。その表面を蠟燭の炎でさっとあぶってあたためた。セーブルの色絵皿に取り分け、うやうやしく吟味役に差し出す。

「食べるのがもったいないですな」

「なんと豪勢な」

金箔の降りかかったあでやかな皿を見て、吟味役は相好《そうごう》を崩した。

だが……。

いざ口に入れてみると、その表情は微妙になった。

表面だけあぶったとはいえ、鳩団子はややかたくなっていた。それに、臭みを消すためのつなぎが足りていなかった。

「いんぐれす渡りの臼田さうすは、おそらく初めて口にされるかと存じます。いんぐれすでは、やんごとなき方々も日夜このさうすを使われているとか」

多助が横合いから言った。

「まあ、これはこれで……」

「佳味《かみ》と申せましょうか」

吟味役の顔つきは、いま一つさえなかった。

表情が読み取れない紫頭巾は、しきりに口を動かしていた。ときおりお付きの者に耳打ちをする。料理人に向かって、じかに言葉を発することはなかった。

「いかがでございましょうか」

しびれを切らしたように、多助がたずねた。

「控えい。御前であるぞ」

ひとかどの武士と思われるお付きの者が、ただちに一喝した。

「ははっ」

多助は平伏した。

身分の高い者がお忍びで来ていると思われる紫頭巾は、結局ひと言も発しなかった。

黙々と料理を平らげただけだった。

鳩団子のほかには、よく見ればさしたるものがなかった。

金銀青赤、色とりどりの玉子の帯は、なるほど目には鮮やかだが、食してみてうなるほどうまいわけではない。また、伊勢海老の造りは、初めにつくったがゆえに身が固くなってしまっていた。

竜頭蛇尾という言葉がふさわしい首尾で、黄金堂多助の料理の舌だめしは終わった。

次は、いよいよのどか屋の番だ。椀は一人ずつ、造りは大皿に銘々が箸を伸ばしてもらうことにした。

残る起こし寿司を小皿に取り分けた。指に少し震えがきたが、どうにかなだめながら段取りを終えた。

「水車は三つに割るわけにはまいりませんな」

大店の旦那風の吟味役が言う。

「さりとて、三つ回っていたら無粋でしょうね」

正体不明の通人風の男が笑う。

ここで紫頭巾が手をあげた。こちらにくれ、と頭巾がうながしたから、場にそこはかとない和気《わき》が生まれた。

「では、さっそく」

旦那が造りに箸を伸ばした。

これは好評だった。多助の伊勢海老とは違って、さほど間が経っていないから身がぷりりとしていた。

ただ、どこにでもある料理だとも言えた。味くらべの場にわざわざ出すべきものなのかどうか、吟味役のあいだでも意見が分かれた。

「うまさには申し分がないんですが」

「ちと驚きが足りませんでしょうか」

「そうですね。華に欠けるとも申せましょうか」

「たしかに、うまいことはうまいんですがねえ」

「何度も食べたことのある料理ですからなあ」

ひと言もはさむことなく、時吉は吟味役のやり取りを聞いていた。しきりに背筋に汗が流れた。

「どうにもむずかしいところですな。片やいささか趣向だおれ、片やいま一つ曲《きょく》がない」

吟味役の一人が腕組みをしたところで、紫頭巾がまたお付きの者に耳打ちをした。

ややあって、一つ咳払いをしてから、お付きの者は言った。

「御前はこう仰《おお》せでございます。『食ってうまければ、それでよいではないか』と」

それを聞いて、時吉は頭を下げた。稲穂が垂るるがごとくに、自然に頭《こうべ》が下がった。

「至言でございますな」

「さすがは、御前。それに、俳句の短冊を添えたのも趣向ではありますからね」

この言葉もありがたかった。

よほど口を開こうかと思ったほどだった。いっこうに派手なものではないが、これがのどか屋の趣向だ。

おちよは心をこめて一句詠み、短冊にしたためて料理に添えた。その「思い」こそが、のどか屋の心意気だった。

大勢は決した。

起こし寿司も花椀も、その味にかけては申し分がなかった。紫頭巾は猫舌なのか、それとも熱いものを食べ慣れていないのか、お付きの者にずいぶんふうふうさせてから椀の汁を呑んでいたが、満足した様子だった。

「では、始めの味くらべでございます。東西《とざい》！」

世話人は紅白の旗を握った。吟味役も同じものを持っている。

「紅が黄金堂多助、白はのどか屋時吉、いずれがまさるか、いざ！」

でろでろでろ、と太鼓が鳴り、止んだところで旗が上がった。

白が三本。

文句なしの勝利だ。

「のどか屋の、勝ち！」

世話人も白い旗を上げた。

「ありがたく存じます」

時吉は深々と一礼した。

「趣向くらべならともかく、味くらべですからな。『食ってうまいもの』に軍配があがったわけです」

旦那風が短くまとめた。

「では、勝たれたのどか屋さんは控えの座敷へ。黄金堂さんは、これにて。お疲れさまでございました」

多助はいかにも悔しそうだった。美しく化粧した顔が引きつっているように見えた。

奥座敷から下がるとき、ちらりと目と目が合った。

ともに戦った相手をたたえ、次の健闘を祈ったりはしなかった。

黄金堂多助は、時吉を挑むように見て言った。

「忘れるな！」

捨てぜりふを残すと、多助は小姓をつれてあわただしく出ていった。

七

控えの座敷に座っても、しばらくはまだ余韻が残っていた。半ば放心したように、時吉はゆっくりと茶を呑んだ。

「よかったわね」

と、おちよが言った。

「うまく句を付けてもらったおかげです。あれが決め手になりました」

「とんでもない。ぜんぶ、時吉さんの腕ですよ」

互いに花を持たせているうち、次の勝負が始まった。

いずれその勝者と戦わなければならない。まずはお手並み拝見といったところだ。

年かさの彩屋治兵衛が、袋から題を引いた。

「さて、お題は」

世話人が引かれた紙をかざす。

「□《しかく》に―《ぼう》、でございます」

始めの題とはずいぶん趣が違った。まるで判じ物みたいだ。

二人の料理人はあいまいな顔つきになった。紅葉屋のお登勢のもとへ、老練の助手がさっと歩み寄る。

「では、半時のあいだの勝負を始めましょう。先に勝ち上がったのどか屋の時吉と雌雄を決するのは、彩屋の治兵衛か、はたまた紅葉屋のお登勢か。いざ！」

どん、と一つ太鼓が鳴り、二番目の勝負が始まった。

彩屋治兵衛は、まず器を用意した。ひときわ大きい、長手の深皿だ。白磁で縁に美しい金彩が施されている。

助手は青酢をつくりだした。どうやら皿に青い水のごときものを張るらしい。

「海に見立てるつもりかしら」

小声でおちよが言う。

「さあ、どうでしょう。長四角はあっても、まだ棒が見えません」

「お登勢ちゃんのほうは、見世で出してるような料理ね」

「たしかに、串は棒ですね」

時吉は指さした。

お登勢と老いた助手がつくっているのは、鰻の蒲焼きだった。身を四角く切り揃え、棒状の串を打つ。いかにも地味だが、それでお題にするつもりらしい。

豆腐の段取りもしていた。いまは押しをして水を抜いているところだ。これは田楽にするようだ。

お登勢はいやに薄汚れた暗い色の壺を持ちこんでいた。中身はどうやら秘伝のたれらしい。蒲焼きは申すに及ばず、田楽の味噌にもたれを交ぜ、味見をする。けれんは何も交えず、味だけで真っ向勝負を挑むつもりだ。

二の腕をあらわにして、お登勢は今度は里芋の下ごしらえにかかった。これも題に合わせて四角く切る。

「時吉さん、もしや……」

おちよが何か気づいたらしい。お登勢のほうを見て言った。

「ええ。わたしも、うすうす」

時吉はうなずいた。

そして、手を動かしている助手のほうを見やった。

四半時を過ぎて残りが半ばになると、彩屋治兵衛が描いた絵図面が見えてきた。

いままで見えなかった棒が現れた。越瓜の丸木舟だ。

くりぬかれたところには、海老のしんじょを入れた。さらに、海老のひげを船頭に見立てて置く。なかなかに細かい芸だ。

続いて、花びらを散らした。これは黄金堂多助も使った紅焼玉子の技だった。

「おお、棒がもう一つ現れますよ」

高座敷から声があがった。

「なんと手のこんだ棒でしょうか」

「でも、間に合いますかねえ」

「わざわざ煮て下味をつけたのがどうでしたか」

吟味役が案じたのも無理はなかった。彩屋治兵衛がつくろうとしていたのは、橋だった。長四角の端から端まで橋を架け、その下を舟が行くという壮大な見立てだ。

その橋を、治兵衛は干瓢《かんぴょう》を編んでつくろうとしていた。ただの干瓢ならさほど造作《ぞうさ》はないのだが、橋も食べられるようにと考えるのが料理人の心意気だ。治兵衛は干瓢をほどよく黄金色に煮てから橋を編もうとした。

これが案に相違した。熱いから手がうまく動かない。かといって、水をかけてしまうと味が落ちる。治兵衛は粗熱《あらねつ》が取れるのを待つことにした。

そのあいだ、時吉と同じく蓮根を使って大八車をつくった。助手は胡瓜の細工切りで欄干をつくる。

さらに治兵衛は人参や大根を切り、器用に傘をつくった。橋が架け渡されれば、欄干を立て、大八車や傘を置く。不思議や、何もないただの長手皿だったものの上に、江戸の大川端の春風駘蕩《しゆんぷうたいとう》たる景色が浮かびあがるという寸法だ。

しかし、肝心の橋に苦労していた。粗熱は取れてきたものの、いささか干瓢を煮すぎた。やわらかすぎてなかなかうまく編めない。

難儀をしているあいだに、残りの時が乏しくなってきた。それまで表情を変えなかった彩屋の眉間に、深いしわが刻まれた。

片や、紅葉屋のお登勢は着々と料理を仕上げていた。豆腐と里芋の田楽には味噌を塗り、粉山椒と唐辛子粉を振った。

山椒の青と、唐辛子の赤。それが紅葉に見立てられている。

「残りいよいよ、太鼓が三百と相成りました」

鳴り物が入りだした。

うっ、と彩屋がうめく。

お登勢はけなげに手を動かしつづけた。仕上げは鰻の蒲焼きだ。白焼きをした鰻に秘伝のたれをつけて焼く。厨から高座敷へと、鼻孔《びこう》をくすぐる香ばしい匂いが漂っていった。

太鼓の音が焦らせる。彩屋治兵衛の指の動きがもつれた。

もはや、これまで。

間に合わない。

南無三、とばかりに、治兵衛は干瓢で編んだ橋の両端をつかみ、大川に見立てた青酢の川に架け渡そうとした。

だが、丈が足りなかった。伸ばしても、わずかに足りない。

「二十、十九……」

残りがなくなる。

もはやいかんともしがたかった。彩屋の橋は、青酢の川に半ば沈むことになった。

その上に色とりどりの傘や大八車を置き、せめてもの趣を出そうとする。せっかく助手がつくった欄干も立てることができなかった。

紅葉屋の蒲焼きは間に合った。これまた最後に青と赤の紅葉を散らすと、お登勢は感無量の面持ちになった。そして、ずっと動かしつづけてきた手首を、もう片方の手でそっとつかんだ。

勝負ごとには流れがある。

奇《く》しくも、初めの組み合わせと似た勝負になった。

大掛かりな趣向に走った料理人か、実直な味で真っ向勝負を挑む料理人か。本来なら、むずかしい判定になるはずだった。

しかし、今回は紅葉屋が大きなしくじりを犯してしまった。めでたかるべき大川の春景色だが、橋が落ちているのは洒落《しゃれ》にならない。

「せっかくの細工舟もかすんでしまいましたなあ」

「□に―の見立ては、なかなか秀逸だったんですが」

「橋が落ちるのは、あまりにも験《げん》が悪かろうと」

「いま少し時があれば、と」

吟味役たちは、かえって彩屋をなぐさめていた。

紅葉屋のお登勢がつくったものは、時吉と同じく、まったくけれんのない料理だった。

「もちろん、うまいんですがね」

「見世へ足を運べばいくらでも食べられるものを、わざわざここで食してもという気はしますが」

通人風の吟味役がそう言ったから、お登勢は妙にあいまいな顔つきになった。

今回も、紫頭巾がお付きの者に伝えたひと言が決め手になった。

「食ってうまければ、それでよいではないか」

判定は、紅が三本。

紅葉屋の圧勝だった。

お登勢は老いた助手と手を取り合って喜んだ。そして、吟味役と世話人に向かって深々と頭を下げると、目をつむり両手を合わせた。声までは聞き取れないが、何かに向かって祈ったかのようだった。

黄金堂多助とは違って、敗れた彩屋治兵衛のふるまいは見事だった。

「本日は不調法なものをお見せしてしまい、まことに相済みません。勉強し直してまいります」

わびの言葉を述べると、今度はお登勢に向かって、

「ありがたく存じました。お次も気張ってくださいまし」

と、笑みを浮かべて言った。

小娘に負けてさぞや悔しかろうに、多助のように醜い捨てぜりふを吐いたりはしなかった。

相変わらず背筋を伸ばしたまま、戦いの場を去っていく料理人のうしろ姿を、時吉は感じ入ったように見送った。

八

いよいよ、残る勝負はあと一つだけになった。

吟味役も立て続けに食べたのでは疲れる。ここの休みは長めに取られた。

そのあいだ、時吉とおちよは控えの座敷で相談していた。

「すべてはお題次第ですが、同じものをお出しするわけにはいきませんね」

「たしかに。また起こし寿司や花椀では、食べていただけないかも」

「初めの勝負は向こうがけれんだったので、まっとうな料理が功を奏しましたが、さて同じ手が使えるかとなると……」

時吉は腕組みをした。

「お題次第だねえ」

「ええ」

「次こそ、旬のものがお題になるかも」

「それなら、あらかじめ思案してきたことが活かせますが」

「そうなるといいわね」

おちよは笑みを浮かべたが、絵図面どおりにはならなかった。

最後の勝負のお題は、時吉が引いた。

（どうか、幸いな題が当たりますように……）

そう念じて引いたのだが、紙に記されていたお題は、まったく思いも寄らないものだった。

思ひ

墨痕《ぼっこん》鮮やかに、そう書かれていた。

「思い、でございますか」

時吉は世話人の顔を見た。

「これはこれは、よいお題を引いてくださいました」

世話人はにこやかに言った。

「どの料理人にも、それぞれの思いがおありでしょう。料理にかける思い、あるいは、ここまで歩まれてこられた人生の思いがおありでしょう。紅葉屋のお登勢さんは見てのとおりまだお若い娘さんですが、それでも来し方《こかた》を振り返れば、さまざまな思いがおありかと存じます。それを料理のかたちにしていただきたいのです」

気の入った目で、お登勢はこくりとうなずいた。

「なかなかに風流な題ですな」

高座敷から、吟味役の声が流れてくる。

「かたちなきものを、いかにかたちにするか。料理人の腕の見せどころでしょう」

「雌雄を決するにふさわしいお題でしょうね」

「はい」

機は熟した。

どどん、と太鼓が鳴る。

「では、味くらべの大詰めにございます。『思い』を題として、双方ともに気張っていただきましょう。いざ、半時の勝負、勝負！」

　世話人が声を張り上げ、太鼓が和した。

　始まるや、どちらもただちに相談を始めた。どんな絵図面を引くか、いかにもむずかしいお題だ。

「どうします？　時吉さん」

　おちよの顔には、早くも焦りの色が浮かんでいた。

「そうですね……」

　時吉は額に手をやった。

「とりあえず、ごはんを用意しましょうか。それから、だしを」

「絵図面なしに動き出すわけにはいかないでしょう」

「でも、時がどんどん経つばかり。手を動かしてるうちに、いい案が出るかも」

　おちよの言うとおりだった。飯とだしなら、用意しておいても無駄にはなるまい。

「分かりました。では、ごはんは多めにお願いします」

「多め？」

「いま、ふとそんな勘が」

「じゃあ、きっと正しいわ。多めにつくります」

相談がまとまった。

時吉はさっそく鰹節を削りはじめた。

やはり気になったのでちらりと見ると、お登勢と老いた助手はもう動いていた。

驚いたことに、お登勢が下ごしらえをしているのは鰯《いわし》だった。もっぱら下々が食する魚で、味くらべの場で食通ぞろいの吟味役に出すのは気が引けると考えるのが普通だ。

しかし、紅葉屋の動きには迷いがなかった。老いた助手も、包丁を握るといくらか背筋が伸びたように見えた。こちらは蒟蒻《こんにゃく》や茄子《なす》の下ごしらえをしている。まさかとは思うが、また田楽かもしれない。

勝てる、と時吉は思った。

紅葉屋は同じ手を使おうとしている。何のけれんもなく、見世で出している料理を供して、その味で勝負するつもりだろう。

だが、二度は通じまい。日に同じものを食せば、いかにうまくても飽きてしまう。ましてや、吟味役は食通ぞろいだ。

そうは思ったが、肝心のわが料理の案が浮かばなかった。よそを見ている場合ではない。だしを取りながらも、時吉はぐっと気を集中させた。

むろん、思いならある。

目を閉じれば思い浮かんでくるのは、故郷の風景だった。捨ててきた故郷、もう戻ることはないなつかしい場所を思うと、おのずと胸が詰まる。

さりながら、望郷の思いを料理に託すのは、なかなかにむずかしいことだった。

故郷の大和梨川《やまとなしかわ》は山間《やまあい》の痩せた土地で、さしたる産物もない貧しい暮らしを強いられている。日々供せられる食べ物といえば、まず思い浮かぶのは薄く伸ばした茶粥《ちゃがゆ》だ。これに漬物などがつく。とても味くらべには出せない。

では、故郷の景色をかたどるのはどうか。山里の城下町の家並み、その甍《いらか》と白壁を照らす月の光……。

涙が出るほどなつかしい光景だが、いまからつくるには時が足りない。あきらめざるをえなかった。

在所の風景も同じだ。わらべのころ、泳いだり魚釣りをしたりした小川。その岸に生える猫柳やたんぽぽ。わずかに雪を頂いた峠……。

つくりたいものはいろいろ脳裏に浮かんだが、手のこんだ細工を施す時は与えられていなかった。

時吉は考えの道筋を変えることにした。

（お題は、思いだ。

思うところあって、わたしは刀を捨て、包丁を選んだ。

刀は、人を殺《あや》める。

包丁も生《しょう》あるものを切るが、正しく成仏させれば、一皿一皿、一椀一椀の料理に変わる。

わたしは包丁とともに生きる道を選んだ。

かつて、刀を以て人を殺めたことがあるからだ。

しかも、おのれの無知により、咎《とが》なき者を殺めてしまった。

できることなら、人生のあの場面に戻り、そこから歩み直したいとも思う。

その思いを……）

どうにか料理にできないかと考えたが、これはあまりにも重すぎた。

思いが、かたちにならない。

だしは取れたが、絵図面が引けない。のどか屋は大きく出遅れた。

「思いつきました？　時吉さん」

おちよが問う。

「望郷……とだけ」

絞り出すように時吉が答える。

「西、のほうね」

「ええ」

「あっ、それなら」

おちよがやにわに近づき、そっと耳打ちをした。

その言葉を聞いたとき、急に霧が晴れたような心地がした。ふと頭をよぎった勘と、おちよの言葉がぴたりと寄り添ったのだ。

味くらべに出ることが決まったあと、のどか屋の常連たちがいろいろと知恵を出してくれた。それもここで役に立った。

「それでいきましょう」

「あい」

「松を多めに切ってください。それから、舟も」

「帆掛け船で？」

「それは無理です。丸木舟で十分」

「承知」

相談はただちにまとまった。

遅ればせながら、のどか屋も動きはじめた。

吟味役たちは、いぶかしげな顔つきをしていた。

どちらの動きもいささか腑に落ちなかったからだ。

「紅葉屋は、また田楽と蒲焼きのようですな」

大店の旦那風の男が首をひねった。

「まさか同じ手でくるとはねえ。初めの戦いに勝てるとは思っていなかったのかもしれません」

と、通人風の男。

「はは、まだ髪を結いそめたばかりの娘さんですからね。多くを望むのは酷かもしれません」

「お題の『思い』はどこに潜んでいるのでしょうか」

「さあ、それは……よほどあのたれが自慢のようですが」

「たしかに、よそとはひと味違う深いたれですがね」

もう一人の紫頭巾も、お付きの者にいろいろとたずねていた。

「鰯という魚でございます、御前」

　お付きの者が説明する。どうやら紫頭巾は鰯を食したことがないらしい。

「なにぶん足の早い魚でございまして、なかなか召し上がっていただくわけにはまいりません」

　頭巾はゆっくりとうなずいた。

「のどか屋のほうは、大皿を持ち出しましたね」

「それはいいとして、飯をむやみに盛るばかりなのはどうも」

「吟味役を相撲取りだと勘違いしたんでしょうか」

「あ、でも……」

「ほう、あれは」

「なるほど、なんとなく見えてきましたな」

　吟味役が指さした。

　味くらべはあっけなく半ばになった。

　のどか屋の料理は、ようやく軌道に乗りはじめた。もっとも、後手に回ってしまった感は否めなかった。何をつくるか決まっていれば、それに合わせた染飯も炊けたのだが、もう遅い。

いずれにしても、これを仕上げるしかなかった。

時吉がつくっているのは、富士の夕景だった。あのとき、おちよは「富士のお山」と耳打ちした。望郷の念に駆られて、時吉が西へ旅に出たとする。ならば、必ず富士を見る。万感の思いをこめて、霊峰の姿を見るはずだ。

のどか屋で常連たちと相談していたとき、「初めての富士詣で」というお題が出た。飯で富士のお山をかたどるという案はすでにそこから出ており、味くらべの本番で時吉の勘となって表れたのだった。

富士の頂のほうは白いまま残し、山肌に色合いをつけていく。むろん、見た目ばかりではいけない。供する際には山を崩し、だしをかけて召し上がっていただく。色と味、二つを考えながら霊峰に化粧を施していかなければならなかった。

暗い影になるところには、紫蘇《しそ》を振った。水にさらしてしゃきっとさせた紫蘇を細かく切り、山裾からていねいに振りかけていく。

もう一つ、煎茶でも暗さを表した。茶の葉をさっと乾煎《からい》りし、冷めてから手でもみほぐすと細かい粒になる。それもまた濃淡を見ながら山肌に振っていった。

日の当たるところの按配はなかなかにむずかしかった。赤もあれば、黄色もある。交ぜてだしをかければうまい取り合わせにもしなければならない。

赤は豪勢に伊勢海老を用いた。身をほぐせば、いい色合いの赤になる。

黄色はまず玉子を使った。固くゆでた玉子を白身と黄身に分け、それぞれ裏ごしをして細かくする。山吹色の黄身は日の当たるところへ、白身は雪に見立てて頂のほうへ振る。山吹と赤の濃淡を整え直すと、高座敷から思わず感嘆の声があがった。

もう一つ、黄色には柚子《ゆず》の皮も用いた。だしを張ったときに、ちょうどいい薬味にもなる。

さらに、白と黒の胡麻で微妙な筋をつけていく。裾野には緑もある。葱と青菜もみじん切りにして随所にあしらった。

いくらか離れて全体を見渡し、また物足りないところに色を足していく。まるで食材を使った絵師のごとき動きだった。

おちよは松を切り終えた。

胡瓜の飾り切りの松は、初めのときより数がよほど多かった。これは三保の松原に見立てた。手前に色鮮やかな緑、それも目を瞠るような細工物を置くと、夕景の富士はなおさら引き立った。

さらにおちよは、越瓜で舟をつくった。ほかの料理人も見せた技だ。

中身は時吉に任せた。海の物で少しひねったものをと考え、くらげと生姜の和《あ》え物にした。

味付けは持参した煎酒だ。ほどよく湯に通したくらげをまず煎酒で洗い、生姜と混ぜてから仕上げにまた煎酒でさっと和える。こうすれば臭みがとれ、品のいい肴《さかな》になる。

対する紅葉屋も、秘伝のたれを存分に用いていた。味くらべを戦っているのはお登勢でも老いた助手でもなく、紅葉屋が持ちこんだ壺のようにも見えた。

残りは少なくなった。

紅葉屋は焼きにかかった。田楽、蒲焼き、ともにたれを存分につけ、炭火でじっくりと焼く。会場にはたちまち香ばしい匂いが満ちていった。

それは高座敷にも届いた。

「さきほどと同じ料理といっても、やはりあの匂いを嗅ぐと唾が出てきますな」

「素材が変われば別腹という気もしてきました」

「でも、お題の『思い』はどこに入ってるんでしょうか」

「それについては、食べる前に料理人に語ってもらいましょう」

ほどなく、残りを告げる太鼓が鳴りだした。どちらも仕上げにかかった。

富士の化粧の微妙なところはおちよに任せ、時吉はだしの按配をした。取り分けるときに海老を入れる入れないで味が変わってくる。張るだしもおのずと変えなければならない。そのあたりを考え、味を見ながら醤油と煎酒を加えて、濃いだしと薄いだしの二種類を用意した。

最後に、おちよが短冊を取り出した。富士の按配に夢中で、すっかり俳句のことを忘れていた。

一句添えなければ、のどか屋の料理にはならない。

時吉の思いは、おちよにも分かった。それを素直に言葉にすることにした。

　ふるさとは茜のかなた初富士や

お登勢は紅葉を振りかけていた。蒲焼きには青と赤だけだが、より淡泊な田楽には柚子の皮を刻んだ黄も散らした。

こうして、双方の料理ができた。「思い」がかたちになった。

一同は奥の座敷に移った。

「では、まず年かさののどか屋の料理からです」

世話人が言った。

「うち見たところ、初春《はつはる》の富士のお山の夕景色が巧みに表されておりますが、さてここにいかなる『思い』がこめられているのでしょうか。料理人に口上を述べていただきましょう」

「承知しました」

「あとにも料理が控えております。冷めぬように、口上は手短に」

「はい……」

時吉は言葉に詰まった。

思いは、ある。それを富士の夕景色に託した。

しかし、手短に語れることではなかった。

故郷で起きたこと、脱藩のいきさつについて詳しく語る時は与えられていないし、そういう場でもない。さて、どうしたものか……。

「お早く」

世話人がうながす。

「はい……一言で申し上げれば、望郷、でございます。ゆえあって、捨てねばならなかった西国《さいごく》の故郷を、途中に見る富士の夕景色で表してみました」

何か問われるかと思ったが、吟味役たちはうなずいただけだった。

思いに感じ入るという雰囲気はなかった。おそらく、吟味役は江戸に生まれ江戸に育った者たちだろう。だとすれば、この望郷の思いは伝わらないのではないかと時吉はふと思った。

続いて試食に移った。具の按配に気をつけながら飯を取り分け、あたたかいだしを張っていく。

お山の形をつくるために、飯をかためすぎたところがある。それをさりげなくほぐしつつ供したところ、吟味役の顔色も徐々にほぐれていった。

「この歳まで、富士のお山を食べたことはありませなんだ」

「まことに。ありがたい土を食べていると思えば、なかなかに乙ですな」

紫頭巾は相変わらずの猫舌で、食べるのに難儀をしていたが、総じてまずまずの様子がうかがわれた。

（力は出すことができた。まずは、これでいい）

時吉はひとまず安堵した。

紅葉屋の番になった。

「では、口上を。食材こそ違え、昼の部と同じ蒲焼きと田楽のようですが、さてそこにいかなる思いがこめられているのでしょうか」

「申し上げます」

お登勢は一礼してから語りだした。

「本来であれば、この味くらべの場には、わが父がいるはずでした。さりながら、それはかなわぬことになってしまいました」

「ただの『紅葉屋の登勢』で味くらべに臨みたいというご意向でしたので、あえて申し上げませんでしたが……」

世話人はそう言って、続きはあなたから、としぐさでうながした。

「紅葉屋は、品川に見世を構えておりました。幸い、それなりに繁盛しておりましたが、先だっての麻布の火事が飛び火し、あっと言う間にわが見世にも……」

控えていた時吉は小さくうなずき、老いた助手のほうをちらりと見た。

その顔にも、やけどの跡があった。野菜を検分しているとき、ちらちらと互いに様子をうかがっていたのは、どちらも顔にやけどの跡があったからだ。助手はおそらく、先の大火で負ってしまったのだろう。

「父はわたしたちを逃がすと、燃え盛る見世の中へ戻っていきました。止めましたが、『あれが紅葉屋の命だ』と言って聞かず……」

白装束のお登勢は、とうとうこらえきれなくなって、両手で顔を覆った。

その左の手首には、数珠があった。

時吉も気になっていた。何度かその手元を見ていた。

うすうす事情は察しがついた。お登勢が料理をつくっているとき、二の腕があらわになった。そこにも生々しいやけどの跡があった。

「時吉さん、もしや……」

おちよはそのとき気づいたらしく、お登勢のほうを見て言った。

「ええ。わたしも、うすうす」

時吉はうなずいた。

だから、意外な話ではなかったのだが、いざこうしてお登勢の口から聞かされると、あまりにも気の毒で胸の詰まる心地がした。

手の甲で涙をぬぐうと、お登勢は気丈に続けた。

「気をもんでいると、そのうち、炎の中からおとっつぁんが飛び出してくるのが見えました」

呼び名が、父からおとっつぁんに変わった。

「おとっつぁんは、秘伝のたれが入った壺を胸に抱いていました。背に火がついてるのに、後生大事に、これだけはと、紅葉屋の命を救い出してきたんです」

たれの入った壺がどうしていやに薄汚れていたのか、暗い色をしていたのか、その哀しい来歴が分かった。壺は火の海の中から救い出されてきたのだ。

「『これを……』と壺を渡したのが、おとっつぁんの最期の言葉になってしまいました。火を消して助けようとしましたが、その甲斐もなく……」

数珠がふるえる。

初めの味くらべの料理をつくり終えたとき、お登勢はずっと動かしつづけてきた手首に巻いた数珠を、もう片方の手でそっとつかんだ。

お登勢は父とともに戦っていた。秘伝のたれは、来る日も来る日も、少しずつ継ぎ足して使ってきたものだ。紅葉屋の、そして、父の命でもあった。

初めの戦いに勝ったあと、お登勢は目をつむり両手を合わせた。

（勝ったよ、おとっつぁん……）

と、ここにいるはずだった父に向かって報告した。

「このたれが、思い、だったんですね」

いくらかかすれた声で、世話人が言った。

「はい……もう紅葉屋という見世はありません。生き残った甚兵衛《じんべえ》さんと一緒に、そして、このたれを救ってくれたおとっつぁんとともに、今日は最後の、紅葉屋の料理をと……」

そこで言葉が途切れた。

語られなくても、思いは伝わってきた。おちよはしきりに目頭をぬぐっていた。

吟味に入った。

「味くらべは、味が命ですからね」

旦那風が言う。

「ただ、お題が『思い』でしたから、いまの話は大いに点を上げたかと」

と、通人風。

「まあ、それはわたしも感じ入りましたが、肝心の料理の味がいま一つでは話になりませんので、そのあたりは心を鬼にいたしましょう」

「分かりました」

こうして吟味に移ったのだが、田楽はまずまずとして、鰯の蒲焼きの評価はいささか微妙だった。

「秘伝のたれをかけると、鰯も一応さまにはなりますな」

「鰯の蒲焼きは初めて口にしました」

「ですが、やはり鰻に比べるとねえ」

「そりゃ、鰯には荷が重いでしょう。鰻と張り合えっていうのは」

「鰯だと思わなければ、なかなかに乙かもしれないんですが」

「下々《しもじも》の者が食せば、さぞやごちそうだと思うんでしょうがね」

食通の吟味役にとっては、鰯などという下魚《げぎょ》を食べるのはもってのほかという感じが抜きがたくあるようだった。

思い、は伝わった。

できることなら、紅葉屋に花を持たせたい。

されど、出された料理が鰯では……。

そんな葛藤がありありとうかがわれた。

ただ一人、紫頭巾は黙々と口を動かしていた。鰯の蒲焼きも、粗熱がとれてからは次々に平らげていった。隣の通人風の皿からも一串取ったほどだ。どうやらお気に召したらしい。

「いや、これは悩ましいことになりましたな」

「初めの二つの勝負は、わりと決めやすかったんですが」

「片方が趣向だおれでしたからねえ」

「されど、こたびは……」

旦那風は腕組みをしてしまった。

「いずれかに決めていただかねば困りますので」

世話人がにこやかに言う。

「もちろん、それは」

「味くらべになりませんからな。肚をくくりましょう」

「ならば、最後ですので、お一人ずつ旗を上げていっていただきましょう。まずは、そちらから」

世話人は旦那風の吟味役を手で示した。

しばらく迷ってから、旦那風は白を上げた。

のどか屋の勝ちだ。

「わたしゃ、どうしても鰯がねえ。ごめんなさいよ」

と、紅葉屋のほうへ頭を下げる。

「あと一人、白旗が上がれば、のどか屋の勝ちが決まります。では、お次、お願いいたします」

通人風はやや気を持たせてから旗を上げた。

紅だ。

　これで紅白一対になった。

「やはり、お題が『思い』でしたからね。たれからじわりと伝わってきましたよ。結構な味でした」

　吟味役がそう言うと、お登勢は深々と頭を下げた。

「では、いよいよ最後の吟味でございます。この一旗にて、今年の味くらべの雌雄が決せられます。いざ！」

　世話人としても、ここが見せ場だ。

　声の調子を上げ、太鼓の打ち手に合図を送る。

　でろでろでろ……と長すぎるほど打たれた太鼓が止んだ。

「では、御前、お願いいたします」

　紫頭巾は、悠揚《ゆうよう》迫らぬしぐさで、紅白の旗を構えた。

　そして、さっと紅旗を上げた。

「紅葉屋の、勝ち！」

　世話人も紅をかざす。

　お登勢と甚兵衛は手を取り合って喜んだ。

一方、時吉とおちよも目を見合わせて笑った。

（おつかれさま。

これでよかったわ。

ほっとした……）

おちよの顔には、そうかいてあった。

その思いは、時吉も同じだった。賞品に何がもらえるかは知らないが、もしのどか屋に軍配が上がっても、紅葉屋に勝ちを譲るつもりだった。そうでなければ、いかにも後生《ごしょう》が悪い。

「御前はこう仰せです」

お付きの者が口を開いた。

「鰯という魚を食するのは、生まれて初めてであった。珍味を口にできて、ほうぼうに根回しをしてまで味くらべに出てきた甲斐があった、と」

手を取り合っていた紅葉屋の二人が、紫頭巾に向かって平伏する。

「大火で見世を失《うしの》うたのは気の毒であった。向後《こうご》、大火が起きぬよう、この者たちに……」

お付きの者が、さらに紫頭巾の言葉を伝える。

「コホン、コホン」

旦那風がわざとらしい咳をした。

「ま、そういうことで、めでたく収まりましたな。ははは」

通人風の笑いも、どことなく自然さを欠いていた。

「というわけで」

世話人が手を拍《う》ち、強引に場をまとめにかかった。

「吟味役の皆様、ありがたく存じました。いずれ劣らぬお忙しい身、そろそろお帰りいただきます。また来年、ここでお会いいたしましょう」

紫頭巾がぼろを出さないうちに、お引き取り願おうという雰囲気だった。

「では、これにて」

「楽しませてもろうたわ」

「満腹にもなったしのう」

「まことに、動くのが大儀。では、御免」

二人の吟味役がわずかに口調を改めて席を立った。最後に、紫頭巾もゆっくりと立ち上がった。ついに最後まで肉声を聞き取ることはできなかった。

吟味役たちが去ると、世話人はぽんぽんと手をたたき、配下の者を動かした。

運ばれてきたのは、二つの白木の三方だった。

「では、味くらべの賞品でございます。一等の紅葉屋には、金三十両。それに、味くらべの余った食材と調味料を好きなだけお持ちください。あたら腐らせてしまうのはもったいない話ですから。二等ののどか屋には、金十両。さらに、紅葉屋が手をつけなかった物を好きなだけ、ということで」

おちよが目をまるくして時吉を見た。

金十両とは、春から縁起がいい。食材はのどか屋だけでは使いきれないだろうから、長吉屋とその弟子の見世に回せばいい。きっと喜ばれる。

のどか屋の二人は素直に喜んだが、お登勢はややあいまいな顔つきだった。

「ありがたく存じますが、わたしにはもう見世がありません。今日は最後の料理のつもりで、この場に臨みました。食材をいただいても、活かすことができません。そちらは、のどか屋さんに」

「でも、三十両あれば、また見世を出せるんじゃありませんか？」

時吉は言った。

「ええ……ありがたいことですが、長年手伝ってくれてきた甚兵衛さんもお年を召してきましたし、見世を続けるのはむずかしかろうと。この三十両で立派なお墓を立てて、甚兵衛さんの老後に憂《うれ》えがないように餞別をお渡しして、わたしは……髪を下ろして父の菩提を弔いたいと存じます」

「まだ髪を結いだしたばかりじゃないの、お登勢ちゃん」

おちよが言った。「お寺さんにこもって、菩提を弔われて、おとっつぁんは喜んでくれるかしら。そもそも、秘伝のたれはどうするの？　おとっつぁんが命に代えて火の海の中から救い出してきたたれを、あなたは捨ててしまうの？」

「今日のお料理に……すべてを賭けました。思いのたれを使って、味くらべに勝つことができました。おとっつぁんもこれで、きっと成仏を……」

洟《はな》をすすり、お登勢はさらに続けた。「偉い吟味役の方々に紅葉屋の味を認めていただいて、おとっつぁんも満足だと思います。残ったたれにつきましては、これも何かの縁です、どうかのどか屋さんでお使いくださいまし」

「うちにはうちの、のれんがあるんだよ」

少し間を置いてから、時吉はさとすように言った。「ちょっとそれは料簡が違うんじゃないかい？　紅葉屋の秘伝のたれは、紅葉屋だけのものだ。軽々しくよそへ渡したりしちゃいけない。それに、吟味役に認められたからって言ったけれども、あの方々は、言っちゃ悪いが紅葉屋の客じゃない。紅葉屋と、その秘伝のたれと料理をひいきにしてくだすったのは、鰯の蒲焼きの出来たてを、なんの講釈もなく喜んで食べていた普通のお客さんたちだ。紅葉屋が焼けてしまって、好物が食えなくなって、がっかりしてる人たちはたんといるだろう。そのなかには、同じように火事に焼け出されて難儀をしてる人だっているだろうよ。そういった人たちのために、もう一度紅葉屋ののれんを掲げる気にはならないかい？　火事にもへこたれず、父の死にもめげず、あの見世がよみがえったとなれば、火事に遭ったほかの人たちの励みにもなるだろう。紅葉屋の蒲焼きや田楽を食べれば、さぞや元気に……」

時吉の言葉を聞いて、お登勢はわっと泣きだした。

「でも……わたしと甚兵衛さんだけじゃ……もうお見世は……」

「人なら出しましょう」

そう言ったのは、世話人だった。何度か目をしばたたいてから続ける。「人だけじゃない。見世も元の品川に出しましょう。賞金の三十両は、お墓代や備えなどにとっておけばいい」

いささか口調が変わっていた。

「あなたは、もしや」

おちよが言う。

「はは、正体がばれましたかな。番頭が味くらべの世話人をやっているように見せかけておりましたが、ご明察のとおり、わたくしはここのあるじでございます。ただし、吟味役の方々と同様、正体の詮索はご無用に願いますよ」

と、唇に指を立てて閉ざすしぐさをした。他言すべからず、というわけだ。

「料理屋の一軒や二軒、口はばったいようですが、下働きも含めてたちどころに按配させていただきましょう。どうだい、お登勢ちゃん。おとっつぁんの跡継ぎになる気になったかい？」

そう問われたお登勢は、涙に濡れた目を上げた。

そして、凛とした光の宿る目で答えた。

「はい。……お願いいたします」

九

月が改まった。

ただし、その年は閏《うるう》の一月があったから、何がなしに妙な感じだった。

味くらべで持ち帰った食材は、のどか屋ばかりでなく、長吉とその弟子たちの見世にもおすそ分けされた。事の次第を話したところ、師からはおほめの言葉を頂戴した。上出来だ、と言われた。

ただし、味くらべから時吉とおちよが持ち帰ったのは、食材ばかりではなかった。

それはほどなく、一枚板の席で供されるようになった。

「ほう、さばきの指も見せ場だね」

安房屋の辰蔵が少し身を乗り出した。

「見せ場と言うほどのものでは」

「でも、わたしらじゃそんなに器用にわたを出せませんや」

時吉が披露したのは、指開きだった。

さらに串を打って焼く。

ほどなく、香ばしい匂いが漂った。何かにさっと浸けてから焼いたためだ。

「お待ちどおさま」

供されたのは、鰯の蒲焼きだった。魚を指で開いてから、仕上げに粉山椒を振りかけるまで、流れるような早業だった。

「おう、鰯のはお初だね。さっそくいただくよ」

時吉とおちよは隠居の表情をうかがった。うまいか、いまひとつか、あらましは顔色を見れば分かる。

辰蔵の顔は、にわかにほころんだ。

「こりゃ、鰻よりうまいよ」

「いや、そこまではどうでしょう」

「お追従《ついしょう》じゃないよ。脂の乗り方が、わたしらみたいな年寄りにはちょうどいい。しょっちゅう鰻を食って、どうあっても精をつけなきゃならない歳じゃないからね。ははは」

「まあ」

隠居を軽くいなすと、おちよは壺のほうをちらりと指さした。

「だんだんのどか屋のたれになってくると思いますよ。あれにちょっとずつ継ぎ足していれば」

「味くらべのあとは、秘伝のたれは軽々しくよそへ渡したりしちゃいけないって説教してしまったんですが」

時吉は苦笑いを浮かべた。

「ま、そこはそれということで」

紅葉屋のたれを分けてもらったのは、おちよの才覚だった。

味くらべのあと、また見世を開くことになったお登勢に祝いのあいさつをしたとき、秘伝のたれの作り方をそれとなく聞き出した。おちよもお相伴《しょうばん》に預かったが、悔しいけれどもこのたれにはのどか屋の味もかなわなかった。

つくり方の勘どころを聞いたあと、おちよはさらにこう言った。

「うちの時吉さんはああ言ったけど、日に日に継ぎ足していけば、その見世の味になるわよねえ」

お登勢は頭の回る娘だ。すぐ察して、「では、こんなたれでよろしければ」といくらか分けてくれた。だから、紅葉屋のたれは、いまはのどか屋のたれになりつつある。

「まあ、しかし、落ち着くところに落ち着いてよござんしたねえ。今年の紅葉はいちだんときれいでしょうよ」

隠居がしみじみと言い、いくぶん目を細くして、少したれのついた指を口元にやった。

「もうずいぶんと繁盛してるようですから。あの旦那さん、とにかくやることが早い」

紅葉屋の再開は、とんとんと事が運んだ。どこのだれかはついに分からなかったが、味くらべの勧進元になっていた大店の旦那は、息のかかった者たちを存分に動かした。

たちまち品川に新たな見世が普請され、手伝いの者が入った。年老いた甚兵衛も、まだ体の動くうちは裏方の漬物づくりでもということで見世に残った。

娘料理人が切り盛りする見世は、再びのれんが上がるや、客が次々に押しかけた。そのなかには、父の代からの常連の姿も多かった。火の海の中からたれの壺を救い出した話を聞いて、涙しながら蒲焼きや田楽を食べる者も少なくなかった。

先だっての休みの日、時吉とおちよはあいさつがてら品川まで足を延ばし、紅葉屋ののれんをくぐった。猫の手も借りたいほどの忙しさだったから、二人とも寺参りの段取りをやめて見世を手伝うことにした。

引けたあと、たれのお返しとばかりに、今度はのどか屋の秘伝の料理をいくつか教えた。そのあたりは持ちつ持たれつだ。

「それぞれの見世で、花が咲いていくわけですな。……いや、こりゃ結構でした」

辰蔵は蒲焼きの皿に向かって一礼した。

「咲いてるのは、料理ばかりじゃないんですよ」

時吉はおちよを見た。

「と言うと？」

隠居が問う。

「あれは花のうちには入りませんから」

それと察して、おちよが言った。

「いいや、お登勢ちゃん、こう押しいただいて壁に貼ってたじゃないですか」

時吉はそのときのお登勢の姿をまねてみせた。

のどか屋がたれのお返しにしたのは、料理ばかりではなかった。

紅葉屋のために、おちよは一句詠み、短冊にしたためた。

まだ畳の若い紅葉屋の奥座敷の壁に、それはお守りのように大事に飾られている。

見世が末長く繁盛するようにと、おちよが「思い」をこめて詠んだ句だ。

こう記されていた。

百年の先も紅葉のほまれかな

第三話　一杯の桜湯

一

「花どきに旅立つなんて、仁蔵《にぞう》さんもなかなかに風流じゃないか」

檜の一枚板の席で、季川がぼそりと言った。

「折からの花吹雪に見送られながら、ですからね」

少しあいまいな顔で時吉が答える。

のどか屋の昼どきは終わり、いまは凪《なぎ》の時分だ。おちよは外へ出ている。おかげで溜まった洗い物を、時吉はせっせと一人でこなしていた。

「今日の日和《ひより》なら、富士のお山も見えるんじゃないかな」

「かすみがかかっていなければいいんですが」

「旅の思い出に、見せてやりたいところだね」

「はい」

そこでちょっと言葉が途切れた。

時吉は倹飩箱《けんどんばこ》を見た。今日は頃合いを見て出前に行かなければならない。

気は急《せ》くが、早めに出てしまったら長く待たなければならない。ちょうどいい時分に、旅立つ仁蔵を見送りにいくつもりだった。

そのために、おちよがひと足早く見世を出て様子をうかがいにいった。もしできるのなら出前の注文を聞いてくると、意気込んで出ていったのだが、果たして首尾はどうか。

また、仮に出前を受けてきたとしても、備えのないものは出せない。仁蔵はのどか屋によく足を運んでくれていたから、あらましの好みは分かっているが、旅立つ前の江戸の名残《なごり》にさて何を所望《しょもう》するか、当人ならぬ身には察しがつかなかった。

「それにしても、人のさだめは分からないものだねえ。あんないい男が」

隠居がしみじみと言った。

「それはもう、せんないことで」

「まあ、そうだがね。仁蔵さんにしても、女房に会えるってんで、ひょっとしたら晴れ晴れとしてるかもしれないがねえ」

季川が首をかしげたとき、表ではたはたと足音が響き、おちよともう一人の男がのれんを分けて入ってきた。

鎌倉町の半兵衛《はんべえ》。このあたりを縄張りにしている岡っ引きだ。

「ご苦労さまでございます」

時吉は頭を下げた。

「行きがかり上、ひと肌脱ごうかと思ってね」

半兵衛はそう言って、長床几に腰を下ろした。裏地に渋い色でそれとなく散らした裾模様がのぞく。

「そりゃ頼もしい。で、仁蔵さんとは？」

季川はおちよの顔を見た。

「湯島天神の裏手で声をかけたら、すぐ気づいてくれましたよ」

おちよは陰った笑みを浮かべた。

「すると、注文は？」

待ちきれないとばかりに、時吉はたずねた。

「ちゃんとうかがってきました。いまから書きますから」

「物々しいね」

「そりゃ、師匠。仁蔵さんの……特別なお料理ですから」

おちよは言葉を選んで答えた。

「悪いが、茶を一杯くんな」

半兵衛が手を挙げた。

「はい、ただいま」

時吉が答え、手を動かしているあいだに、岡っ引きと隠居が仁蔵の段取りについて語り合っていた。

湯島天神の裏手で話をしてから、すぐ三河町ののどか屋へ戻ってきた。この按配なら、一時《いっとき》（約二時間）もあれば終わるのではなかろうか。よそで油を売らなければの話だが。ざっとそのような見当だった。

「お待たせしました」

「ありがとよ」

半兵衛は軽く手刀を切り、右手で湯呑みを受け取った。左手をさっと湯呑みの底に添え、眉間にいくらかしわを寄せる。ただ茶を呑むだけなのに、一分《いちぶ》の隙《すき》もない芝居がかった所作だった。

たまに付け文も来るほどの男前だが、三十路《みそじ》にしてまだ女房はいない。あんな調子で立ち居ふるまいにいちいち様子をつけていたら、所帯を持ったらさぞかし息が詰まるだろうと陰では言われていた。もっとも、岡場所などになじみがいて、当人はべつに不足はなさそうだ。

「うめえな」

半兵衛が茶を半分ほど呑んだとき、おちよが品書を書き終えた。

「これだけなんだけど」

いささか寂しそうに言うと、おちよは半紙にしたためたものを見せた。

こう書かれていた。

巻玉子

桜湯

二

時吉はさっそく準備にかかった。

巻玉子は仁蔵の好物だが、値の張る玉子をふんだんに使うとあって、そうおいそれと食べるわけにはいかない。花見などの行楽や、よほどいいことがあったときだけ所望するのが常だった。

「そういえば、仁蔵さん、おつやさんの内証ばたらきの口が決まったって言って、巻玉子を土産に持って帰ったことがあったわ」

おちよは感慨深げに言った。

「おお、そうだった。それがあんなことになるとは……」

と、隠居。

「なら、あっしはひとまずこれで」

湯呑みを脇に置き、半兵衛が立ち上がった。「浅草あたりで網を張ってまさ。また頃合いを伝えにきますんで」

「二度手間で相済みません」

おちよが頭を下げる。

「なに、出歩くのがあきないみてえなもんだし、ちいとばかし後生《ごしょう》が悪いもんでね」

渋くニヤリと笑うと、岡っ引きはいなせな様子で裾を整え、背筋を伸ばして見世から出ていった。

桜湯は塩漬けにした桜の花びらを湯に浮かべるだけだから、何も手間は要らない。巻玉子をつくれば、それで終わりだった。

ただし、だし巻き玉子とは違う。見た目より手間のかかる料理だった。

まず玉子をよく溶き、薄く伸ばして焼く。形は丸型がいい。その上に、白身魚のすり身をだしで伸ばしたものを竹べらでていねいに塗っていく。山吹色の玉子の生地の上に、雪景色の按配で白を塗り重ねるわけだ。

二色《ふたいろ》が重ねられたら、切ったときに鳴門模様になるように巻いていく。止めるのは干瓢《かんぴょう》を用いる。水でもどしておいた干瓢で二ところをきれいに結《ゆ》わく。

真ん中で切り分けたとき、結い目がちょうど真ん中になれば、見た目に美しい。そのあたりがずれないように、また、干瓢の紐の端が長くなりすぎないように、気を遣いながら手を動かしていく。

下ごしらえが終われば、いよいよ味付けだ。

鍋にだし汁を張り、巻玉子を投じる。味を見ながら、醬油と味醂、それに酒を加え、弱火でことことと煮ればできあがりだ。

切ると、山吹の中から白がのぞく。盛り付けるときに菜物などで青みの彩りを加えれば、さらに色合いが引き立つ。折詰の中に加わると、なおさら映える。手間をかけただけのことはある一品だった。味がしみているから、冷えてもうまい。

「こうして見ると、仁蔵さんとおつやさんみたいだわね」

巻玉子の二色の切り口を見て、おちよが言った。

「当人たちも、そんな話をしていたかもしれません」

時吉は小ぶりの折詰に笹を敷き、巻玉子を按配よく入れていった。

「それが、こんなことになっちまうとはねえ」

季川が昼酒の猪口をゆっくりと傾けた。

仁蔵は鍔師《つばし》の修業をしていた。若いころは付き合っていた朋輩《ほうばい》が悪く、身を持ち崩しかけたこともあったそうだが、危うく踏みとどまって職人への道を歩みはじめた。

評判の小町娘だったおつやと、どこでどうして知り合ったのかは知らないが、あまり日の当たらない裏店《うらだな》で、二人は身を寄せ合って暮らしはじめた。

巻玉子がたまのぜいたくになるほどのつましい暮らしだった。仁蔵はめきめきと腕を上げ、むずかしい薄づくりの菊鍔の透かし彫りまで器用にこなせるようになったが、鍔師が一本立ちするまでにはむやみに時がかかる。形だけでもさまざまにあるところへ、家紋入れなどの注文も付くから、鍔の注文は千変万化する。むろん、手にもしっくりとなじまなければならない。なかなかに年季のいる仕事だった。

親方の仕事場へ通う仁蔵にとってみれば、のどか屋で一献《いっこん》傾けるのがちょうどいい息抜きだった。江戸っ子らしく気の短いところはあるが、まっすぐな気性の仁蔵はみなにかわいがられていた。隠居にとってみれば子供のようなものだ。

男っ振りもなかなかのものだった。半兵衛も仁蔵の脇に立つとかすみかねないほどで、元小町娘の女房と並べば一対の雛人形のようだった。

長屋でもほめ者だった。年寄りが難儀をしていればおぶって運んでやったり、井戸浚《さら》えなどでは先んじて体を動かしたりしていたから、仁蔵を悪く言う者は一人もいなかった。

そんな仁蔵を、女房のおつやは内職で支えていた。ややこができても食べていけるようにと、針仕事などに精を出していた。ただし、長屋の女房たちが助け合って回しているような軽い仕事で、さほどの蓄えにはならなかった。

それでも、おつやは仁蔵がのどか屋で呑んできても文句一つ言わなかった。長屋で人手が要るときは見世にたずねてきて、亭主が世話になっております、と腰を低く折って一人一人に礼を言った。

よくできたかみさんだ、おまけに飛び切りのべっぴんときてる、大事にしないと罰《ばち》が当たるぞと、あとで仁蔵を冷やかしたものだ。

そのおつやに、内証仕事の口が来た。横山町の呉服太物《ふともの》問屋・丁子屋《ちょうじや》からだった。話を聞くと、思わず目を瞠って問い返したほどの手間賃をいただけるらしい。仁蔵とおつやは、これで暮らしが楽になると手を取り合って喜んだ。

横山町はいくらか離れている。そのせいで、丁子屋のあるじの惣吉《そうきち》に関する悪い評判は耳に入っていなかった。おつやが働き者だという評判を聞いて話を持ってきたと口入れ屋はまことしやかに言ったが、実情は違った。

岡っ引きの半兵衛は、丁子屋のうわさを聞いていた。しかし、商売柄たまにのどか屋にも顔を出すとはいえ、常連というわけではない。二つの糸がうまく絡み合うことはなかった。

「馬鹿に暗い顔をしていたとき、わけを訊《き》けばよかったんですが」

顔に悔いの色を浮かべて、時吉は言った。

「『そっとしておいてあげたほうが』って耳打ちしたのはあたしだし」

と、おちよ。

「そりゃあ、あとになってのことだ。せんないことさ」

「でも、師匠。あんなことになっちゃうとは……」

場がまた湿っぽくなった。

ここでふらりと見知らぬ客が入ってきた。仁蔵の話はしばらく脇に置かれた。

一見《いちげん》とおぼしい客が焼き魚と飯を所望してあわただしく去ると、また凪になった。番付にも載っていない地味な見世だ。時分どきを除けば、合戦場《かっせんば》のような忙しさにはならない。

「できれば、あたしも仁蔵さんにひと言かけてあげたいんだけど」

隠居しかいなくなった見世をひとわたり見てから、おちよが言った。

「なら、貼り紙を出して一緒に行きましょうか」

「ええ」

「それじゃ、わたしもお供しますかな。浅草のほうへ行くなら、帰りは長吉屋に寄ればいい」

話がまとまった。

夕方に来てくれる客には申し訳ないが、休みを長く取って、その分しまいを延ばすことにした。

今日は仕込みに手間がかかったことにすればいい。仁蔵に巻玉子を所望されるのは読みに入っていたから、玉子はまだ余っている。見世に戻ったら、それを使った料理をつくることにしよう。

おちよが表に貼り紙を出しているあいだに、時吉は倹飩箱の支度を整えた。桜湯の椀をつくり、冷めないように温石《おんじゃく》を按配する。

そうこうしているうちに、半兵衛が戻ってきた。

「そろそろ、だ」

いくぶん息を切らして告げると、岡っ引きはふところから手ぬぐいを取り出して額の汗をぬぐった。璃寛《りかん》茶の生地にあしらわれた観世水模様が揺れる。

「ご苦労さまでございます」

「いま、お茶を」

おちよがばたばたと動いた。時吉は火の始末にかかる。

「さて、お見送りか」

隠居もゆっくりと立ち上がった。

「浅草の御門を出たところで、と話を決めてきた」

眉間のしわを寄せ、半兵衛は苦そうに茶を呑んだ。

「ありがたく存じます」

「じゃあ、柳原《やなぎわら》通をまっすぐ行けばいいわね」

「神田川に沿ってね」

と、季川。

「ちょうど土手に桜が植わってまさ」

「墨堤《ぼくてい》みたいな派手やかな桜じゃないが、見送りにはちょうどいいやね」

まもなく支度がすべて整った。

時吉は倹飩箱を手に取った。

中身はいくらも入っていないのに、思いがこもっているせいか、それは妙に重く感じられた。

三

浅草の天王橋を渡ったところで、またなつかしい顔を見た。

親方の松之助《まつのすけ》だ。

仁蔵は万感の思いをこめ、そちらのほうへうなずいた。

「仁蔵……」

向こうも言葉に詰まった様子だった。呼びかけたのはいいが、次が出てこない。

「申し訳ございません。鍔づくりの師匠なので」

そう断ると、ほどなく歩みが止まった。

松之助も駆け寄り、止まる。

「いろいろお参りに行ってやってたんで、ここで」

親方はそう語った。

短いが、それで意は通じた。

（こんなおれのために、わざわざお参りに……。

旅の無事を祈って……）

そう思うと、胸が詰まった。

「お世話になりやした」

仁蔵はようやく、喉から絞り出すように言った。

「惜しいぜ……おめえの腕も、人も」

松之助の言葉に応えて、同じように見送りに来た者たちからもいろいろと声がかかった。知った顔は親方だけだが、涙が出るほどありがたかった。

「達者でな、仁蔵さん」

「ちょっと、おめえさん。その言い方はどうよ」

「なら、どんな声をかけるんだい」

「そうさなあ……ご無事でってのも変だしなあ」

「違《ちげ》えねえ」

そんな掛け合いがあったから、周りから笑いがもれた。

「こんな首尾になりまして……相済みません」

仁蔵はわびた。

本当は土下座したところだが、それはかなわない。心の中で、額を土にすりつけてわびた。

「おれにわびるこたあねえ。なんとか、ほかの弟子とやってら」

こうして見ると、親方の頭にはずいぶん白いものが交じっていた。

(やりかけの仕事もあったのに、苦労をかけちまった。

申し訳ない……)

また悔いが募る。

「女房に、孝行してやんな」

松之助が言う。

仁蔵は再びうなずいた。

(そうだ。

おつやが待っている。

もし会ったら、声をかけてやらねえと。

つらい思いをさせちまったな、と)

そう思いながら、仁蔵は答えた。

「ああ。おれはまだ、こっちにいるぜ。呼ぶんじゃねえぞ」

「親方も、達者で」

「へい」

長くなると、未練になる。

別れがたくなってしまう。

お互いの気持ちが通じた。

「なら、ここで」

「ありがたく存じやした。……親方、お達者で」

「達者でな」

行列はまた動き出した。

浅草橋を渡り、御門を越えると、右手のほうに柳原の土手が見えた。

緑の中に、花がある。桜が一本だけ植わっている。

その花びらは風にふるふるとふるえながら散っていく。神田川の水面《みなも》に落ちて流れていく。

仁蔵は人の群れを見た。

ここで出迎えてくれる人の顔を探した。

ほどなく、見つかった。

時吉が手を挙げた。

「止めてくだせえ」

つとめの者に向かって、仁蔵ははっきりとした声で告げた。

再び、行列が止まる。

「仁蔵さんの、ご注文の品を、お持ちしました」

時吉は、一言一言《いちごん》をかみしめるように言った。

かたわらにはおちよがいる。隠居もいる。半兵衛も控えていた。

「食わせろ」

声がかかった。

「はい」

時吉は倹飩箱から巻玉子の折詰を取り出した。

「ありがてえ……おいら、最後にどうしてもそいつを食いたくなって」

仁蔵がかすれた声で言った。

「こちらこそ、ありがたいことで。どうか、おつやさんにも」

「ああ、罪ほろぼしに、口うつしで食わせてやるよ」

感無量の面持ちで答えると、仁蔵は短くこう言い添えた。

「あの世でな」

仁蔵が旅立つのは、上方《かみがた》でも在所でもなかった。

あの世だった。

所望した最後の料理を、仁蔵はその手で食べることができなかった。両手はうしろに回され、しっかりと縄をかけられていた。

土下座をして師匠に謝ることもできなかった。

仁蔵は、馬上の人だった。

そう、仁蔵は、江戸市中引き廻しの刑の最中だった。

伝馬町《てんまちよう》の牢屋敷を出た引き廻しの行列は、江戸橋などを通りながら徐々に南へ向かう。金杉橋を渡ったあと、しばらくしてから北へ折れ、御城をぐるりと取り囲むように進む。そして、湯島天神の切通《きりどおし》を通り、上野を経て今戸橋で折り返す。ここまで来ると、引き廻しはあと少しだ。浅草を抜ければ、ほどなくして牢屋敷に戻る。罪人は打ち首獄門の刑に処せられる。

仁蔵に残された時は、もうあとわずかだった。おそらく、これが見納めの桜になるだろう。今生《こんじょう》の別れの料理になるだろう。

「縄を解いてやれよ」

「そうだ、そうだ」

見物衆から声が飛んだ。

罪人の引き廻しと言っても、罵声ばかりが飛ぶとはかぎらない。なかには惜しむ声や同情の言葉で満ちることもある。

また、人気のある罪人が引き廻しになるときは、押すな押すなの人波になり、祭りさながらになることもあった。かの鼠小僧次郎吉《ねずみこぞうじろうきち》は、目もあやな着物をまとい、唇に紅までさして引き廻されていったという。

仁蔵の事件はかわら版に載り、江戸じゅうに知れわたることになった。さすがに鼠小僧ほどではないが、見物に詰めかけた者は多かった。

「縄は解けぬ。下がっておれ」

検視役の同心が一喝した。

ただし、これから死出の旅に就く罪人が所望することは、よほど目に余るものでないかぎりかなえさせてやるのが不文律になっていた。あれが食いたい、これが呑みたいといえば、そのつど行列が止まる。おかげで一日がかりになることが常だった。

ここまで、仁蔵は何も願いを発しなかった。のどか屋へ最後の食事を所望したのが、唯一の願いらしい願いだった。

その願いは役人も聞き入れた。もし駄目だと言ったら、見物衆から石でも飛んできかねない雰囲気だった。

「さ、好物の巻玉子を。それとも、先に桜湯を？」

時吉がたずねた。

「桜湯は……最後に」

桜をちらりと見やってから、仁蔵は答えた。

時吉はうなずき、巻玉子を一つ指でつまむと、仁蔵の口に入れてやった。

「うめえか」

「たんと食っていけ」

周りから声が飛ぶ。

「長え旅だからよ」

「あの世で待ってる女房に、いい土産になるな」

仁蔵はゆっくりと口を動かし、巻玉子を喉に落とした。

「うめえ……」

感に堪えたように言う。

「もう一つ」

今度はおちよが罪人の口元へ手を伸ばした。

「わたしも、お別れに」

季川も一つつまんだ。

巻玉子は少しずつ減っていった。検視役の同心があらぬ方《かた》を見た。役目ゆえ情にほだされてはならない。だから、あえて見ないようにしたのだ。

最後に、岡っ引きの半兵衛も巻玉子を手に取った。

「すまねえことをしたな。どうか勘弁してくんな」

「なに、お役目ですから、親分さん」

「そう言ってくれるとありがてえや。いきさつを思案すると、ちと後生が悪くてな」

「いきさつも何も、人を殺《あや》めちまったおいらが悪い。それも、あるじ筋だ。こうやって引き廻されて獄門になるのは当たり前のこってすよ。おつやに会いたいけれども、極楽で待ってるあいつのところへ行けるかどうか。おいらだけ地獄へ行っちまったら、もう二度と……」

仁蔵の目尻から、つ、と水ならざるものが伝った。

「あんたも極楽へ行けるよ」

「悪いのは丁子屋だ」

「そうそう、あんたは仇討ちをしたんだから、胸を張っていな」

「地獄へ落とそうなんていう料簡はねえだろうよ」

口々に声が飛ぶ。

仁蔵はありがたそうにうなずいた。

風に乗って、桜の花びらが流れてくる。

そういえば、おつやと谷中《やなか》へ花見に出かけたことがあったな。

あのときも、のどか屋さんに頼んで、折詰にこの巻玉子を入れてもらった。

そう、おつやと一緒に、桜を見ながら笑って食った。うめえ、うめえと言いながら食った。

あれがもう夢のようだ……。

遅い春の日を浴びて、桜の花びらがひとひら、ふたひら、さんざめきながら降りかかってくる。

蝶のごとくに舞いながら、仁蔵の顔に降りかかる。

もうじき、会える。

また行列が動いて、牢屋敷に戻ったら、あとはお仕置きを受けるだけだ。

地獄じゃなく、おいらも極楽へ行けると思うことにしよう。

だれにともなくうなずくと、仁蔵は御門の前の辻を見た。

柳原の土手づたいに進む道がある。両国橋の西詰へ続く広い道がある。

しかし、そこはもう通れない。このまま引かれて、伝馬町の牢屋敷に戻るしかない。

帰路はもうあと少しだ。

やり直すことはできない。悔いてもせんないことだった。

仁蔵は目を閉じた。

まぶたの裏で光が散る。

同時に、過ぎた昔のことが次々に思い出されてきた。

四

丁子屋へ内証仕事に通うことに決まり、おつやも仁蔵も喜んだ。

これで蓄えができる。ややこができても平気だし、いずれ鍔師として独り立ちするときの備えにもなる。行く手には光あふれる道が広がっているはずだった。

だが、その後しばらくすると、おつやの顔つきが馬鹿に暗くなった。慣れない仕事の気疲れだと言っていたが、どこか体の具合でも悪いのじゃないかと仁蔵は案じた。人のいい仁蔵は何一つ知らなかった。そのときはもう、のっぴきならぬ仕儀に至っていたのだ。

丁子屋のあるじの惣吉は、おつやが働き者だという評判を聞いて白羽の矢を立てたわけではなかった。おつやがかつて評判の小町娘だったから、わが物にせんと悪心を起こしたのだ。

丁子屋が悪事をたくらむのは、これに始まったことではなかった。町で見初《みそ》めた娘に口入れ屋を通じて声をかけ、仕事の口を紹介する。そして、頃合いを見て、因果を含めてわが物とする。同じやり方で毒牙にかかった娘は五指に余った。

あきれたことに、惣吉の女房のおせんも片棒をかついでいた。のちにかわら版屋がさんざん書いたが、鬼と見まがうような夫婦だった。

因果の含め方も陰湿だった。もう一人、丁子屋の食客に絵師くずれの丑松《うしまつ》という男がいた。何も知らない娘を惣吉が手ごめにしているさまを、丑松は微に入り細をうがって描いた。

絵の女体には名前を記した。おつやなら、「つや」と毒々しい朱で入れ墨を施した。顔も似せた。ひと目でだれか分かるように、丑松は克明に描いてみせた。

ざっとこのようにして、丁子屋は因果を含めたのだ。


だれにも言うな。

もし秘密をばらしたら、この絵を明るみに出すぞ。

亭主や長屋の衆に見せてやるぞ。ほうぼうにばらまいてやるぞ。

それでもいいのならしゃべれ。

嫌なら、黙っていろ。

むろん、一度では済まなかった。惣吉が飽きるまで、同じことが繰り返された。女房のおせんは、そのさまを笑いながら見ていた。惣吉はときにはおせんもともに抱いた。おせんはいつもより高い声をあげた。それが鬼のごとき夫婦の陰気な楽しみになっていた。

丁子屋に飽きられた女は、お暇になった。馬鹿にならない額の礼金が支払われたが、むろんそれは口止め料だった。

味を占めた丁子屋は、同じやり口で次々に女を毒牙にかけてきた。その一人に、運悪く仁蔵の女房のおつやが選ばれてしまったのだ。

それが一幕目とすれば、二幕目はさらに哀しいさだめとなった。

おつやはややこを身ごもった。それは仁蔵にも察しがついた。

しかし、おつやはなぜか喜ぼうとしなかった。何かに必死に耐えているような顔つきだった。

まさかとは思ったが、仁蔵は問い詰めた。腹の子はおれの子で間違いないな、と。

外堀を埋められたおつやは、ついに隠しきれなくなって、丁子屋のいきさつを洗いざらい述べた。涙ながらに狼藉を受けたことを告げ、仁蔵にわびた。

仁蔵は激高した。

丁子屋惣吉、許しがたし。

乗りこんで、おれが話をつけてやる。

まっすぐな気性の仁蔵は、情に火がつくとただちに体が動くたちだ。いまにも丁子屋に乗りこみそうな勢いだったが、おつやはその袖に泣きすがって止めた。

もしそんなことをしたら、近所にあの絵を刷り物にしてまかれる。そうなったら、夫婦ともにこの江戸にはいられなくなってしまう。

だが、このままでは済まされない。気が治まらない。

ともかく、丁子屋ののれんは二度とくぐるなとおつやに言うと、仁蔵は知り合いのかわら版屋に掛け合った。

洗いざらい、いきさつを話した。おつやの名前を出すわけにはいかないが、丁子屋の醜行《しゅうこう》を面白おかしく書き立てることはできるだろう。どうかあきないが立ち行かなくなるようにしてもらえないか、と訴えた。

しかし、首尾は芳しくなかった。仁蔵だけの話では、いかにも弱かった。それに、何事も起きてはいない。火付けや押し込みなど、江戸ではほかにいろいろと事件が起きている。そんな弱々しいことでかわら版にしても、とても売れそうになかった。

それに、丁子屋の意趣返しが怖かった。なにぶん大店だ。多くの手先を飼っている。うかつなことを書いて目をつけられでもしたら馬鹿馬鹿しいと思うのは人情だった。

結局、かわら版への売り込みは実を結ばなかった。まっすぐ戻る気がしない仁蔵は、のどか屋で苦い酒を呑んだ。いやに暗い顔をしていたのは、このときだ。

おつやは体の具合が悪くなったことにして、丁子屋には戻さなかった。実際、ひどく面《おも》やつれがして、別人のようになってしまった。

ずいぶん思案したが、ややこは流すことにした。もしおのれの子であればと思うと胸がきりきりと痛んだが、丁子屋の子であればと考えるとべつの痛みで気が変になりそうだった。

それはおつやも同じだった。涙ながらにうなずき、しかるべき処置を受けることに同意した。

「犬にかまれたと思えばいい。江戸にゃそういう犬がいる。いずれ因果が報いて、丁子屋の身代《しんだい》は立ちゆかなくなるだろうよ。傷が癒えるまで、江戸を離れて、お伊勢参りにでも行こうじゃねえか」

仁蔵はそう言って励ました。

「だって、あんた、鍔師の仕事が……」

「なに、親方も駄目だとは言わねえだろう。帰《け》えってから、また励みゃいい。汚れはみんな祓《はら》ってくれるからよう」

おつやもようやくその気になってくれた。仁蔵は中条流の医者を探し、腹の子を流させた。

予後の具合はあまりよくなかった。おつやは泣いてばかりいた。悪い夢にもうなされていた。

そして……。

思いがけない終わりが来た。

仁蔵にも仕事がある。親方のところに顔を出さなければならない。長屋の衆におつやを任せて、仕事場へ出かけた。

遅く戻ると、おつやの姿がなかった。すわ丁子屋に連れ去られたかと思ったが、長屋の衆に話を聞いてみると、今日来た使いは床に就いている様子を見ておとなしく帰っていったらしい。するとおつやは、暮夜《ぼや》、一人で長屋を抜け出したのだ。

鎌倉町の半兵衛にも掛け合い、おつやのゆくえを探した。逃げられた責めを感じた長屋の衆も、おおむね出払ってゆくえを探してくれた。

心の臓が早く鳴っていた。

仁蔵は叫んだ。
おつや、おつや、と声をあげ、提灯をかざしながら必死に探した。
(早まるな。
どうか無事でいてくれ……)
ありとあらゆる神仏に祈りながら、仁蔵は声がかれるまで女房の名を呼んだ。
ほどなく、松下町代地の出世不動に着いた。何度も二人でお参りにきた場所だ。
出世して、ひとかどの錺師として独り立ちできますように。
夫婦が円満で、ややこに恵まれますように……。
皮肉にも、いくたびもそんな願いを懸けてきた。
その境内のほうへ提灯をかざすと、人影が見えた。
「おつや!」
いた、と思った。
こんなところでしょんぼりしていやがった、と初めは思った。
だが、そうではなかった。

おつやはもう返事をしなかった。動くこともなかった。

仁蔵の恋女房だったおつやは、不動の松の枝に帯をかけて縊《くび》れていた。


その後のことは、記憶の糸がうまくつながっていなかった。

おつやのなきがらに取りすがって泣いた。長屋の衆も泣いてくれた。

とにもかくにも、変わり果てたおつやを長屋に運び、通夜をした。そのあいだ、仁蔵はある肚《はら》をかためた。

(このままでは済まされねえ。

おつや、おめえの仇は討ってやる。

この手で討ってやる)

一睡もせず、おつやのなきがらに寄り添っていた仁蔵は、長屋の衆が帰ったあと、ひそかに出ていった。

ふところには、出刃包丁を忍ばせていた。出世不動にとって返し、願を懸けると、仁蔵は夜が明けるのを待った。そして、丁子屋の大戸が開くのと同時に、独りで討ち入っていった。

鬼神のごとき働きだった。

見世の者たちは止めに入ろうとしたが、包丁を振り回す仁蔵の見幕に気圧《けお》されてこ
とごとくひるんだ。そもそも、あるじの惣吉には人徳がなかった。陰湿な仕打ちに遭
いながらも、しぶしぶ奉公を続けている者が多かった。身を挺してまで止めようとす
る者は一人もいなかった。

仁蔵はずんずん奥へ進んでいった。

丁子屋惣吉は気づくのが遅れた。ゆうべは例によって例のごとく、因果を含めて見
世に囲ってある女をなぶった。女を帰したあとも、女房のおせんや絵師の丑松と卍《まんじ》ど
もえで遅くまでたわむれた。その荒淫《こういん》がたたり、目がなかなか覚めなかった。

気づいたときには、もう遅かった。

「何やつ……」

ふらふらする足をなだめてやっと立ち上がった惣吉の前に、ぬっと仁蔵が立ちはだ
かった。

阿修羅《あしゅら》のごとき形相だった。

「おつやの仇、思い知れ！」

大音声《だいおんじょう》で叫ぶと、仁蔵は出刃包丁の柄を両手で握り、丁子屋目がけて体ごとぶつ
かっていった。

手ごたえがあった。

包丁は、過《あやま》たず仇の心の臓をとらえていた。

おせんが悲鳴をあげた。絵師は命乞いをしながら逃げていく。

そちらのほうには目もくれなかった。

「思い知れ！」

仁蔵は惣吉を足蹴にすると、馬乗りになってとどめを刺した。驚いたように目を見開いたまま、悪党は事切れた。

血に濡れた包丁を手に持ったまま、仁蔵は丁子屋を出ていった。

もうかくなるうえは、浮世に未練はなかった。

一刻も早く、おつやのもとへ行きたかった。

仁蔵は出世不動に向かった。

おつやが死出の旅に出るのに選んだ場所で、後を追うつもりだった。そのために、包丁を捨てずに持ってきた。心の臓を突くか、喉を切るか、いくらでもやり方はある。

だが、その思いを果たすことはできなかった。

丁子屋の周りは蜂の巣をつついたような騒ぎになった。仁蔵のしわざだと聞きつけた半兵衛の頭に、ある勘が働いた。

勘ばたらきには鋭い岡っ引きだ。すぐさま絵図面が引けた。

半兵衛と町方の同心は、まっすぐ出世不動に向かった。

そして、自害しようとしていた仁蔵を、すんでのところで捕らえ、お縄にかけた。

かくして、一件は落着した。

仁蔵が話を持ちこんだときはまったく動こうとしなかったかわら版屋は、ここを先《せん》途《ど》とばかりに丁子屋殺しの件を書き立てた。

調べれば調べるほど、殺された丁子屋の悪事が明るみに出ていった。たたけばどんどんほこりが出た。惣吉夫婦の毒牙にかかって、あたら花を散らしてしまった女は、次々に手を挙げて子細を語った。

かわら版は飛ぶように売れた。丁子屋殺しの一件は、たちまち芝居小屋にまでかかるようになった。

女房の仇討ちとはいえ、丁子屋は片あるじ筋に当たる。それを殺めた仁蔵は、江戸引き廻しのうえ獄門というお裁きになった。

江戸じゅうの同情が仁蔵に集まった。

そのまなざしが、両手をうしろで縛られ、最後の桜を眺めている馬上の人に注がれていた。

五

「早《はよ》うせえ」

検視役の同心の急かせる声で、仁蔵は我に返った。

最後の食べ物を口に入れた。

そろそろ牢屋敷に戻り、お仕置きを受けなければならない。

「まだいいじゃねえか」

「見納めの桜だぜ」

口々に声が飛ぶ。

「畏《おそ》れながら、最後の椀を」

時吉が前へ一歩進みいでて言った。

「なら、早うせえ」

「汁物でございます。馬上では、ちと呑ませにくく存じます」

同心はうるさそうにあごをしゃくり、仁蔵を馬から下ろさせた。

うしろ手に縛られていても、これならうまく呑ませられる。

「ありがてえ」

仁蔵は礼を言い、人垣のほうへ目をやった。

その向こうに、桜があった。

おつやと一緒にながめた桜が、あのときと変わらぬ花を咲かせていた。

「胸を張って行きな」

「おめえさんは、世の中のためになることをしたんだから」

「そうとも。女房の仇討ちをして、悪者を退治したんだからな。ほんとなら、ほうびをもらってもいいとこだ」

「そうだ、そうだ」

「妙なお裁きだぜ」

しきりに声が飛ぶ。

だが、仁蔵は首を横に振った。

「おいらが獄門になるのは当たり前でさ」

「どうしてだい？」

「理不尽だとは思わねえかい」

やじ馬が声をそろえて問う。

「おいらは、おつやの仇を討った。そいつは後悔してません。あのままじゃ、とても腹がおさまらなかった」

「そりゃ、そうさ」

「おれもかわら版で丁子屋の悪事を読んで、はらわたが煮えくりけえったよ」

「ま、おおかた幟《のぼり》あずけで、丁子屋はつぶれるだろうがな」

「もうつぶれてるみてえなもんだ。石を投げられるてんで、ずっと大戸を閉めちまってるし」

幟あずけとは、定めゆえ罪と裁きは動かしがたいが、罪人にも同情すべき点が多々あると判断されたときに行われる抜け穴のような手だった。つまり、江戸市中引き廻しで用いられた幟を、責めがあると思われた見世に預けるのだ。

ひとたび預けられたなら、しまうことはできない。罪人が死罪になった命日に、役人が「幟しらべ」にやってくるからだ。

験《げん》の悪い引き廻しの幟を預けられた見世は、たいていつぶれる。いささか回りくどいが、こうして両成敗にするというやり方だった。

時吉は倹飩箱に手をかけていたが、なかなか椀を出すことができなかった。話がとぎれなかったからだ。

「まあ、丁子屋がつぶれるにしても、おめえさんが獄門じゃ、ちと吊り合わねえんじゃないかい？」

「そうだよ。丁子屋のほうを獄門にすりゃあいい」

「まったくだ」

皆の衆は口々に言ったが、仁蔵はまた首を横に振った。

「学のねえおいらにゃ、むずかしいことは分かりません。ですが、おいらみたいに仇を討っていったらきりがねえ。仇は仇を、その仇はまた仇を、そのまた仇を……てな調子で、どこまでも仇討ちが続きまさ。血が流れていきまさ。死人の列がずらっと続いていくばかりでさ。だから、どこかでだれかが……このおいらがあきらめなきゃならなかったんだ。いくら憎くても、丁子屋を殺めちゃいけなかったんだ。学がねえから言ってることがちぐはぐだが、おいらはあのとき、やっぱりこらえなきゃならなかったんでさ」

「そんなこたあねえだろうよ」

「あんたがやらなかったら、丁子屋はまだまだ悪事をやらかしてたよ。泣く女が何人も出てただろうよ」

「そうだ。おめえさんは、世の中のためになることをしたんだ」

「……」

やじ馬は口々に言ったが、仁蔵はどうあっても首を縦に振ろうとしなかった。

かまびすしかった声が止んだ。

おちよが目で合図する。

頃合いと見た時吉は、倹飩箱から椀を取り出した。

「最後の、椀を」

両手で捧げ持つ。

群衆は静まった。おちよが蓋を取ると、温石であたためていた桜湯の椀から、ふわりと湯気が立ちのぼった。

「ありがてえ……」

仁蔵は絞り出すように言った。

「按配はよろしゅうございますか？」

罪人の口に近づけると、時吉は小声でたずねた。

仁蔵がうなずく。

時吉は、桜湯の椀をゆっくりと傾けていった。

ひとひらの桜漬を舟のように浮かべた、一杯の桜湯……。

この世の呑み納めになるものが、仁蔵の喉から胃の腑へと流れこんでいく。

「たんと呑めよ」

「女房にも呑ませてやんな」

「そうさ、口うつしでな」

「妬《や》けるねえ」

また声が飛びはじめた。

仁蔵は続けて呑んだ。

たった一杯の湯だ。ほのかに桜の香りがするだけの湯が、こんなにうまいとは思わなかった。いままでに呑んだどんなものよりうまかった。心にしみた。

（おいらは、果報者だ）

仁蔵はそう思った。

（最後に、こんなにうまい椀を呑めた。おいらの見送りに、親方も、のどか屋の人たちも、親分さんも来てくれた。どこのだれとも知らない人たちが、こうして集まって声をかけてくれた。ありがてえ、ありがてえ……）

感謝しながら、仁蔵は一杯の桜湯を呑み干した。

桜漬はいったん口中にとどめた。そのひとひらで終わりになる。未練だが、すぐ食べるのはためらわれた。

「ありがてえ」

仁蔵は頭を下げた。

「不調法で」

長い言葉にはならなかった。

時吉はようやくそれだけ言った。

「どうか……」

おちよはそこで絶句した。「達者で」とは言えなかった。途中で何も言葉が出なくなった。

「極楽まで、お達者で」

弟子の心の内を察したのかどうか、季川が言った。

「へい、ありがたく……」

仁蔵はかみしめるように言った。

「では、戻せ」

同心が短く命じた。

仁蔵は再び馬上の人となった。

日は西へ傾いていく。馬が動き出せば、牢屋敷はすぐそこだ。日が沈む前に、仁蔵の命の火は消えるだろう。

ここに集まっただれもがそれを知っていた。そして、引かれていく仁蔵のさだめを惜しんでいた。

「よいか?」

同心が声をかける。

「いま少し……桜を見とうございます」

仁蔵は言った。

その口中には、まだひとひらの桜漬が残っていた。

この世の食べ納めだ。なかなかに喉に落としがたかった。

「見させてやんな」

「後生が悪いぞ」

「急ぐ仕事じゃねえだろうに」

やじ馬がまた騒ぎだした。

同心はうるさそうに手を振って静めたが、早く馬をやれとは命じなかった。

「ありがたく存じます」

仁蔵はまず役人に、続いてのどか屋の人々に向かって頭を下げた。

「巻玉子、おいしゅうございました」

「ああ……」

と言ったきり、時吉は言葉をなくした。

これからお仕置きになる男の目には曇りがなかった。

まだ二本の刀を差していたとき、時吉も人を殺めてしまったことがある。無知が招いたあの罪に比べれば、仁蔵の罪はなにほどのものでもないように思われた。

なのに、仁蔵は引かれていく。まもなく打ち首になってしまう。

そう思うと、たまらない気持ちだった。

「おつやさんに……よろしく」

おちよは言った。

「よろしゅうにな」

隠居も和す。

「伝えまさ」

仁蔵は桜を見た。

茜の色が濃くなった日の光に照らされ、花々が光る。風にふるえ、ひとひら、また
ひとひらと枝を離れて虚空へ舞っていく。
その向こうに浄土があるような気がした。
そこでおつやが待っている。
つらい思いをさせたが、もう苦しむことはない。
きっと会える。
それからは、ずっと一緒だ。
そう思うと、目にくっきりと映っていた桜の木のかたちが急にぼやけてきた。
待ってな、おつや。
この桜漬を食わせてやる。
桜湯も、まだ胃の腑の中に残ってら。
おいらが呑ませてやる。
それから……。
仁蔵は目をしばたたいた。

ほおに涙が伝う。

ひとしきりそれが流れると、また鮮やかに桜のかたちが定まった。

ありがてえ、と仁蔵は思った。

今日の江戸市中引き廻しのように、ずいぶん遠回りをしてしまったけれども、やっとここまでたどり着いた。そんな気がした。

最後に、一杯の桜湯を呑んだ。

そこに小舟のごとくに浮かんでいた桜漬は、まだ口の中に残っている。それを櫂《かい》のようにして、目を閉じて進んでいけばいい。


きっと、会える。

おつやが浄土で待っている。


仁蔵はなつかしい人々の顔を見た。

時吉さんがいる、おちよさんがいる、ご隠居がいる、親分さんがいる。

のどか屋で過ごした時が、食べた料理が、次々に頭の中をよぎっていった。

「みなさん、お達者で」

と、仁蔵は言った。

もう泣いてはいなかった。清々《すがすが》しいほどの笑みを浮かべて礼を言うと、仁蔵は役人に目で合図をした。

「引け」

命令を受けて、馬が動き出した。

「浄土へ行けよ」

「迷うんじゃねえぞ」

「女房と達者で暮らしな」

「あの世でな」

「成仏しな」

「なまんだぶ、なまんだぶ……」

もう念仏を唱えている者もいた。

仁蔵の目から桜が消えた。

あとは花のない道だ。

導《しる》べを確かめるように、仁蔵は軽く桜漬をかんだ。

ほのかに、香りがした。

おつやに初めて会ったときのような、甘酸っぱい香りがした。

六

小上がりの客の料理を時吉がせわしなくつくっていると、のれんを分けておちよが戻ってきた。

「おかえり」

季川が先に声をかけた。

「ただいま。……もうちょっと持っていけばよかった。大変な人気で」

おちよは時吉に向かって、空になった丼を向けた。

「長屋の衆に人気でしたか」

「そりゃあもう。われもわれもと。残ったのは仁蔵さんとおつやさんの分だけ」

「はは。それまで食っちまったら後生が悪いやね」

隠居が笑った。

月日の経つのは早いものだ。

あっと言う間に桜は散り、葉桜の季節もとうに過ぎて、いまは青葉が生い茂っている。柳原通へ入るところに一本だけ植わっていた桜は、まるで桜だったことを忘れたかのような風情でたたずんでいた。

「でも、お地蔵さんを建ててもらって、ほんとによかった」

厨に入って洗い物をしながら、おちよが言った。

「立派なものなのかい？」

季川が問う。

こちらは相も変わらぬ遅い昼酒だ。

「いえ、長屋の衆がつくってくれたお地蔵さんだから、いたってつつましやかなものですけどね」

「そうかい。そのほうが、らしくていいやね」

「ええ」

「これからは、決まった日に届けられますからね」

夕方の部の仕込みをしながら、時吉が言った。

今日は仁蔵の初めての月命日だ。

刑死した仁蔵にはこれといった身寄りがなかったから、あえなく無縁仏となってしまった。それを惜しんだ長屋の衆は、女房のおつやともども、そのたましいに幸あれかしと、裏店に小さな地蔵を建てた。

仁蔵の親方だった松之助もひと肌脱いだ。鍔師の幼なじみの石工が腕を振るい、小づくりだが品のいい、思わず手を合わせたくなるようなお地蔵さまができあがった。

名づけて、仁つや地蔵。

夫婦の名を一文字ずつ取った地蔵は、早くも評判を呼んでちょっとした流行神《はやりがみ》になっている。この地蔵に参れば、夫婦が円満で暮らせるのだそうだ。

昼の客が引いたあと、おちよは頃合いを見て供え物を届けに行った。江戸じゅうの人に惜しまれた仁蔵の月命日だから、ほかにも供え物がたんとあり、置く場所に苦労するほどだった。

供えたのは、あの日と同じものだった。

巻玉子と、一杯の桜湯。

出会った人にも配ろうと、巻玉子は多めに持っていった。ついでにのどか屋の宣伝もしてしまおうというのが、おちよの才覚だ。

「そうそう、長屋の人に言われたの。巻玉子の名前を変えたらどうかって」

おちよが手を止めて言った。

「どういう名前です？」

「さあ、なんでしょう」

おちよは謎をかけるように、大きな目をくりくりと動かした。

「長屋の人が言ったっていうあたりが肝《きも》のようだね」

「勘が働いてますねえ、師匠」

「ああ、なるほど」

時吉は察しをつけた。

「分かりました？」

「おおかた、仁つや玉子でしょう」

「大当たり！」

おちよは太鼓を打つしぐさをした。

「極楽へ行った二人の好物だったから、ちょうどいいんじゃないか」

と、隠居。

「それに、巻玉子を煮るといい艶《つや》が出ますから、『煮つや』ともうまく掛かってます」

時吉は一つうなずいた。

「なら、さっそく貼り紙を出しましょう」

「また名物ができたね。おちよさん、一句添えたらどうだい」

季川が水を向けた。

「なんだか、師匠に試されてるみたい」

「はは。不出来だったら、わたしが朱を入れてあげよう」

そんな成り行きで、おちよが筆を握ることになった。

いきなり短冊ではもったいないから、思いついた句を紙にしたためる。

「あの日は、ちょうど花が舞っていたから……」

ひとしきり思案してから、おちよはこう記した。

花散るや仁つや玉子の切り口に

ちょっと小首をかしげて、できたばかりの句を師匠に見せる。

「花散るや仁つや玉子の切り口に……」

季川は声に出して読み上げた。

「もう一つでしょうか」

「そうだねえ。散る、切り口とくれば、どうしたって仁蔵さんのお仕置きが頭に浮かんでくるからなあ」

「ああ、なるほど。それは験《げん》が悪いかも」

「それに、花が散っている時分しかお出しできませんね」

時吉もやんわりと異を唱えた。

「そうねえ……どうしよう」

「なら、わたしがちいとばかし細工を」

隠居が身を乗り出してきた。

矢立から筆を取り出し、おちよが差し出した硯《すずり》の墨をたっぷりと含ませると、うなるような達筆で季川はこうしたためた。

花散れど仁つや玉子はとこしへに

「決まりましたね」

と、時吉は言った。

「さすがは、師匠。これならどの季でも通じます」

おちよが持ち上げた。

そんないきさつがあって、のどか屋の小上がりの座敷に、新たな貼り紙が出されることになった。

仁つや玉子は好評だった。いささか値は張るが、注文する客が後を絶たなかった。

なかには、その名に首をかしげる者もいた。

なぜ「煮つや玉子」ではなく、「仁つや玉子」なのかというわけだ。

そう問われると、時吉は決まってこう答えることにしていた。

「仁義の『仁』です。正しい人の道を歩めるようにという願いが、この料理にはこめられているんです」

あのときの料理のうち、桜湯のほうは影が薄かった。べつにそれだけに値をつけて供するものではないから、貼り紙などを出すことはない。

それでも、おちよは一句詠んだ。

こちらは好評だった。

「いまごろは、二人で極楽見物をしてるだろうよ」

季川がしみじみと言った。

「まだ行ったことはないけど、あちらはずっと満開の桜のような気がする」

と、おちよ。

「散っても散っても、あとからあとから花吹雪……」

その光景を思い浮かべながら、時吉は言った。

「そう。そのなかを、二人を乗せた筏《いかだ》がゆっくりと流れていくの」

「だれにも邪魔されず、水入らずでね」

隠居が猪口を少し上げた。

その中で、酒が揺れる。

あの日の、一杯の桜湯のように、ふっとさざめく。

ちらりと浄土が見えたような気がした。

御恩のように斜めに日が差しこみ、おちよが句をしたためた短冊を照らした。

こう読み取ることができた。

桜湯やあの世この世へ花筏

第四話　かえり舟

一

「相変わらず、いい蒸し加減ですね」

檜の一枚板の席で、青葉清斎が笑みを浮かべた。

「ありがたく存じます」

「蕪《かぶ》をただ蒸籠《せいろ》で蒸しただけなのに、なんとも深い味がします」

薬膳の専門家でもある医者が言う。

「ほんとに、甘みがあってとろけるような味だねえ」

隣に座っている隠居は、季川ではなく安房屋の辰蔵だ。しばらく姿を見せないから、また関八州の醬油酢廻りに出かけていたのかと思いきや、たちの悪い風邪を引いて臥《ふ》せっていたらしい。今日はささやかな快気祝いでもあった。

「蕪の内側から、うまみと養いの素がじわじわとにじみ出てきますので。体のことだけを考えるのなら、野菜は蒸すのがいちばんです」

と、清斎。

「味も一衣《ひところも》上がりますからねえ」

安房屋辰蔵はそう言って、また蕪に箸を伸ばした。

「一衣、ですか。それは味のある言い回しですね」

二階の客が所望した若竹の椀をつくりながら、時吉は言った。

そろそろ夕べの書き入れ時で、座敷にも客がいる。おちよは気ぜわしく行ったり来たりしていた。

座敷の客の一組は、のどか屋の常連だった。大和梨川《やまとなしかわ》藩の勤番の武士、原川新五郎《はらかわしんごろう》と国枝幸兵衛《くにえだこうべえ》だ。時吉が磯貝徳右衛門《いそがいとくえもん》と名乗っていたころは、ともに同じ藩の禄を食《は》んでいた。

その時吉が刀を捨てて包丁に持ち替えたいきさつは長くなるが、前身の磯貝徳右衛門が一身を賭《と》して行ったことのおかげで宿痾《しゅくあ》の有泉《ありいずみ》兄弟が誅《ちゅう》され、大和梨川藩は大きな危機を脱した。それを徳とした藩は、ぜひとも戻れと勧めたけれども、時吉は思うところあって刀を捨てる道を選んだ。

こうして武士ではなくなった時吉だが、縁はまったく切れたわけではなく、勤番の武士が客として通ってくれている。その事情はおちよもよく分かっているから、原川と国枝がのどか屋に顔を見せたときは、ことに愛想よく酌をしていた。

「一衣と言っても、ちょいとよそいきの衣装をまとってるっていう感じだがね」

辰蔵は話を続けた。

「それを言うなら、山椒塩が一衣ではないでしょうか、ご隠居」

「ああ、なるほど」

「蕪の甘みを引き立てるべく、はらりと振りかけられる塩は、うまみばかりでなく、陰陽五行の道理にもかなっています。ここに、さらに粉山椒を加えると、申し分のない流れができます。すなわち、蕪は苦温《くおん》の食材ですが、蒸せば半ば甘温となります。これを補う塩は鹹寒《かんかん》、山椒は辛温、合わせるとほのかな酸味も生まれます。よって、驚くべし、この一品のなかに陰陽五行の真髄が息づいていることになるのです」

座敷をいいところで切り上げて椀を受け取りにきたおちよが、「また先生のご講釈が始まったわね」という目で時吉を見た。

だが、時吉はまじめに聞いていた。薬膳に関しては、清斎が師匠だ。ときどき講釈が長きにわたることはあるが、これはそもそもの陰陽五行説があまりに深くてむずかしいからで、語る清斎のせいではないと料簡している。

「お座敷、湯やっこを一鍋」

ついでに小声で注文を通し、おちよは若竹の椀を盆に載せて二階へ運んでいった。

若竹ばかりでなく、わかめもたっぷり入った吸い物だ。吸い口には、目にも鮮やかな木の芽を忍ばせている。

蓋を取ると、味に先立って、香りと色をひとときに楽しむことができる。色合いの違う二つの緑、木の芽とわかめが入っているからこそ、若竹のみずみずしい黄色がさらに引き立つのだった。

「なるほど、山椒塩は偉いものですな。醤油《したじ》をかけたりしたら、残念ながら蒸した蕪にはちと衣が重すぎますからねえ」

醤油酢問屋の隠居が言った。

「そうですね。控えめに山椒塩、が一衣にふさわしいでしょう」

「しかし、ふしぎなものです。山椒塩をちょいとつけて食べたら、かえって蕪の甘みが増したりするんですから」

「天麩羅《てんぷら》にも山椒塩はよく合います。それから、使う塩によっても、またずいぶんと変わってくるんです」

てきぱきと湯やっこ鍋の按配をしながら、時吉が言った。

「そりゃあ、醤油や酢、それに味醂も同じだよ。なにぶん奥が深いもんで、一生勉強だねえ」

隠居は猪口に手を伸ばして笑った。

「ところで、この蕪も長松《ちょうまつ》さんのところで？」

清斎がたずねた。

「そうです、砂村《すなむら》で採れた野菜で」

「ほう、舟で渡ってくるんだ」

と、隠居。

「ええ。朝採れの野菜を届けてくれるんですがね。神田の青物市場だけじゃなくて、なじみの見世にはわざわざ足を運んで」

少しあいまいな顔つきで時吉は答えた。

「朝早いときしか来ないのなら、こっちは顔を見てないわけだ」

「ええ。お父さんの捨松《すてまつ》っていう人がずいぶん畑を開いて、葛西《かさい》や亀戸《かめいど》、それに滝野《たきの》川《がわ》や遠く上方《かみがた》からも種をもらったりして、いろいろな野菜を育ててきたんです」

「なら、二代目だ」

「はい。よほど育て方がいいのか、土に滋味があるのか、それとも日当たりの加減か、長松さんが持ってくる野菜はどれもこれも甘みがあるんですよ」

「青菜をお浸しにしただけで、びっくりするほど甘いですからね」

清斎が横合いから言い添えた。

「なるほど。土がいいんだね」

人も、と言いかけて、時吉はやめた。

たしかに好人物で、ふだんは元気もいいのだが、何か心に引っかかりがあるのか、それとも体の具合でも悪いのか、このところは馬鹿に暗い顔をしていた。

ほどなく、湯やっこの鍋ができた。

青葉の季《とき》にはなったが、日が傾くとまだ冷えこむ。土鍋に薄い葛湯を張って豆腐を煮ただけの料理だが、体の芯からあたたまるには、この鍋がいちばんだ。

長松の話はひとまずおいて、時吉は座敷に鍋を運んだ。豆腐は銘々がすくい、醤油に煎酒をまぜたたれに付けて食す。薬味は鰹節と、白葱《ねぎ》を刻んだもの。これだけでいい。

「お熱うございますので、お気をつけて」

「湯やっこは熱うなくてはのう」

「されど、やにわに呑みこんでは胃の腑が驚くぞ」

そんならちもないやり取りがあり、時吉が厨に戻ろうとしたとき、偉丈夫の原川がついと袖を引き、声をひそめて言った。

「磯貝殿、ご油断召されるな」

「と言うと？」

「有泉一族の残党が、どうやらこの江戸に……」

華奢なほうの国枝が、眉間にしわを寄せた。

時吉はやにわに棒を呑んだような心地がした。

考えてみれば、藩をほしいままに操っていた有泉兄弟は誅されたとはいえ、一族郎党がすべて捕らえられたわけではない。残党が恨みを晴らさんと蠢動《しゅんどう》していても、いっこうに不思議はなかった。

「わが上屋敷の表門に、鳥のむくろが釘で打ちつけてあったのでござる」

原川が説明を続けた。

「それが有泉の残党のしわざだと？」

「さよう。腹に丸に一をかたどった傷がござった」

「有泉家の家紋でござるよ、磯貝殿」

　国枝が言い添える。

「その名は、もはや……」

「おぬしは捨てたつもりでも、向こうはそう思ってはおるまい。ま、いまのところ、ここまでかぎつけているとは思えぬが、注意するに越したことはござるまい。有泉一族にとってみれば、おぬしは憎き敵の一人、いや、裏切り者と思うておるやもしれぬからのう」

　原川の言葉には一理あった。

　磯貝徳右衛門と名乗っていたころ、大目付として隠然たる権力をふるっていた有泉右近《うこん》の次女いねとは、一時《いっとき》だけだがいいなずけの間柄になっていた。にもかかわらず、有泉一族の悪事を暴くほうへ転んだわけだから、逆恨みをされても仕方がない。

「有泉の残党は正体を悟られぬように身をやつし、仇を討たんと試みているとも仄聞《そくぶん》いたした。根も葉もないうわさじゃと高をくくっておったのだが、表門の鳥を見たら、考えを改めざるをえなくなり申した。この先、何があるやもしれぬ。もはや刀とは言わぬが、せめて頑丈な棒でも持っておかれよ」

「こたびは、鍋にかこつけて、それを忠言しにまいったのでござる。……ま、さようなことで」

国枝はぽんと手を打ち合わせた。無粋な話はこれで終わり、というわけだ。

「かけじけない。よくよく気をつけましょうぞ」

時吉は久々に武家の言葉を使った。

「ま、女房を守るのは男のつとめでござるからのう。さてさて、肝心の豆腐が早《はよ》う食えと言うておるわ」

原川も表情を和らげた。

二階から戻ってきたおちよは、座敷の様子を見てそれと察し、厨に入って簡単な料理をつくっている。時吉はそちらのほうをちらりと見て答えた。

「師匠の娘さんに手伝っていただいているだけで、女房ではありません」

「まだいまのところは、でござろう？」

「いや、そういうわけでは……」

「まあ、よいではないか」

「ちと無粋な話をしてしもうたからのう。前祝いで、ささ」

盃をすすめられたから、あえて断るわけにもいかず、時吉はやや片づかない顔で呑み干した。

いささか苦い味がした。

二

長松が憂い顔をしていたわけは、翌々日に分かった。

例によって砂村から舟に乗って神田の青物市場に荷を運んだあと、長松はのどか屋にも野菜を届けてくれた。河岸からあまり離れていなければ、得意先をじかに回って作物を渡してくれる。つくった人の顔が見えるのは、なにより安心だ。

「ところで、のどか屋さん……」

まだ二十をいくらか出たばかりの長松は、採れたての野菜を渡し終えると、意を決したように言った。

「今日はお願いを聞いてもらおうと思って来たんです」

「ほう、なんなりと」

「実は……」

と、伝えようとしたとき、二階からおちよが下りてきた。

いちいち浅草の実家に戻るのは面倒だし、夜道も物騒だ。そこで、二階の座敷に布団を敷いて寝泊まりするのが常だった。時吉の部屋とは反対側だが、広からぬ二階のこと、夜には寝息が耳に届く。

「おはようございます」

「あ、おはようございます、おかみさん」

「ちょいと顔を洗ってきますので」

寝起きでまだ紅も引いていない。髪もぼさぼさだ。おちよは少し恥ずかしそうに裏手へ回っていった。

「で、願いとは？」

時吉が水を向けた。

「へい、実は……おいらの父親の捨松がしばらく床に就《つ》いてまして」

長松の顔の憂色が濃くなった。

「そりゃいけないね」

「もうしばらく寝たっきりで、おおかた寿命だろうと」

「寿命って……そんな歳なのかい？」

時吉は意外そうにたずねた。

「おいら、おとっつぁんがわりかた歳のいってからできた子でして。それでも、寿命ってやつにはまだずいぶん間があると思ってたんですが……」

「医者には診《み》せたか？」

「へい。砂村にも本道の心得のある人がおりますんで」

「どういう診立《みた》てだ」

「はっきりどこの病っていうわけじゃないようです。風邪をこじらせたわけでもねえ。てことは、やっぱり寿命だろうと。去年、おっかさんを亡くしてから、めっきり気落ちして老《ふ》けちまって、とうとう寝たきりに。おとっつぁんは勘ばたらきのいいほうで、言うことがよく当たるってんで、言うんだから、ひところは村でも評判だったんです。そのおとっつぁんが寿命だって言うんだから、つらいけどあきらめるしかねえかと。ただ……」

長松は言いよどんだ。

「ただ？」

時吉が穏やかな声でうながす。

「孝行をしたいときには親はなしっていいますが、おとっつぁんはまだあの世へ行っちゃいませんや。てことは、孝行をするにはいまのうちってことになりますよね、のどか屋さん」

「まあ、それはそうだな」

どうもいま一つ、話の道筋が見えそうで見えなかった。

長松もまっすぐ進もうとしてくれない。要領を得ない会話をしているうち、おちよがいくらかさっぱりした顔で戻ってきた。時吉は長松の代わりに話の勘どころを伝えた。

「なら、おとっつぁんのために孝行をしたいっていうわけね？　ひょっとして、お嫁さん？」

そう察しをつけて、おちよは長吉の顔を覗きこむように見た。

「えっ……いや、その」

「図星ね。江戸でお嫁さんが見つかったと連れていったら、お父さんはさぞ喜ばれることでしょう。息子もこれで安心だと、さぞや肩の荷を下ろして……」

おちよは目元にちらと指をやった。

なるほど、と時吉は思った。

(もしそういう成り行きになれば、父の捨松は大いに安心するに違いない。

ただ、うちにそんな尻を持ちこまれたところで、にわかには手は打てないが……)

時吉は腕組みをしたが、おちよはすぐ案が浮かんだようだった。

「なら、こうしましょう」

表情を変え、手を打ち合わせて言う。

「のどか屋の常連さんのつてを頼ってお嫁さんを紹介するっていう手もあるけど、それだと時がかかってしまいます。勘どころは親孝行なんだから、べつにお芝居でもいいはず。それなら、ほんとは出戻りだけど、若く見えるこのあたしがひと役買って出て、長吉さんのお父さんの前でお芝居を……」

「あ、あの、そういう話じゃないんで」

長吉はあわてて手を挙げた。

「えっ、違うの？」

「へい。おかみさんがおっきな目でおいらの顔を覗きこんだから、ついどぎまぎしてはっきりしない返事をしちまって」

「なあーんだ」

おちよのとんだ先走りだったが、当たらずといえども遠からぬところもあった。なんとなれば、長松は本題をこう切り出したからだ。

「実は……ひと肌脱いでもらいてえのは、のどか屋さんのほうでして」

「わたし？」

時吉はわが胸を指さした。

「そうです。おいらは常日頃からおとっつぁんにこう言って自慢してたんです。『ただ舟に乗って市場へ野菜を運んでるばかりじゃねえ。料理屋さんにもごひいきをいただいてる』って」

「それは、そのとおりだけど」

と、おちよ。

「ですが、続きがありまして……その、江戸で一、二を争う名の通った料理屋に野菜を卸《おろ》してることになってるんです」

「ここが？」

時吉は土間を示した。

たしかに、あの謎の「味くらべ」では二番になった。ただし、番付などには載ったことがないし、分かりにくい裏通りにある。江戸どころか、同じ三河町に住んでいても知らない人がいるくらいなのだ。

「勝手な作り話で相済みません。でも、おとっつぁんも喜んでくれてて、『うちの畑で採れた野菜は、八百善の次に名の響いた見世にせがれが卸してるんだ』って、事あるごとに村の衆に自慢してたんです」

「八百善をご存じなんですね」

おちよが言った。

「学はねえけど、耳学問は妙にあるほうで。いろんなことを教わりました」

「いいお父さんね」

「へい。そのおとっつぁんが言うには、『向こうでおっかあも待ってるから、あの世へ行くのは惜しくはねえが、目をつむる前に、江戸で一、二を争う料理屋の料理を食ってみたかった。うちの畑の野菜がどんな按配で出されてるのか、客とおんなじ料理を一度でいいから食ってみたかった』と」

やっと話が読めてきた。

それなら、ひと肌でもふた肌でも脱げるだろう。

「お父さんにこちらへ来ていただくわけにはいかないから、砂村までお料理を届ければいいのね」

おちよはそう言ったが、時吉はべつのことを考えていた。

長松の表情を読んだが、そちらが本筋のようだ。

「料理なら、前にも何度か南瓜《かぼちゃ》の煮物などを届けたことがあっただろう」

長松は、得たりとばかりにうなずいた。

「おとっつぁんも喜んでました。でも、それもありがたいんですが……」

「孝行には、いささか足りないな。分かった。わたしが行きましょう。荷を運んだかえり舟に乗って、砂村まで」

「ああ、そういうこと」

おちよは、にわかに腑に落ちたような顔つきになった。

「わざわざ来てくださるんで、おとっつぁんのところまで。それで、うちの竈《へっつい》で料理を……」

長松の目がうるんだ。

「まさに、乗りかかった舟だからな」

「ありがてえ……おとっつぁんも喜びます。いい孝行ができまさ。ありがてえ、恩に着ます」

長松は何度も頭を下げた。

「これでまた一つ徳を積みましたね、時吉さん」

おちよが笑みを浮かべる。

「いえ。作物をどう工夫してつくっているのか、畑をこの目でよく見たいと前から思っていたもので。まあ、かえり舟に乗るのは渡りに舟の話です」

時吉はさらりと答えた。

あとは段取りの話になった。これがただの得意先ということなら、次の休みの日にでも出かけられるが、なにぶん江戸でも指折りの料理屋という触れ込みだ。多少は下駄を履かせなければ、平仄《ひょうそく》が合うまい。

どんないで立ちで、いかなる料理を出すか。そのあたりは、のどか屋の常連たちの話も聞いて、絵図面が引けたら砂村へ出かけるということで話がまとまった。

「ありがてえ。いままでいちばんの親孝行になりまさ」

長松はしみじみと言った。

のどか屋に、ちょうど朝のさわやかな光が差しこんできた。

時吉は身の引き締まるような気分になった。

三

「八百善の次ってことになると、深川の平清《ひらせい》あたりでしょうかな」

辰蔵が言った。

「柳橋の河内屋、雑司ケ谷《ぞうしがや》の茗荷屋《みょうがや》、王子稲荷前の扇屋、木挽町《こびきちょう》の酔月楼……まだまだたんとありましょう」

隣の季川が答える。

今日の一枚板の席は常連で埋まっていた。青葉清斎も控えている。おちよが根回しをして、知恵者《ちえしゃ》がそろうようにお膳立てを整えたのだ。

「おっと、忘れちゃいけない。三河町ののどか屋がありました」

「そうそう。あそこは銀十匁《もんめ》も取るそうですから」

「豪儀なもんですな」

「帰りにゃ、土産に家紋の入った提灯まで付けてくれるそうですよ」

「のどか屋の提灯を持ち帰ったら、さぞかし鼻が高いでしょうな」

「なにぶん、八百善に次ぐ料理屋ですからなあ」

二人の隠居の掛け合いはなおしばらく続いたが、医者だけはまじめな表情を崩さなかった。

「そういうお芝居も大変結構ではあるのですが……」

話が一段落したところで、清斎は切り出した。

「床に就いている病人に、何を食べさせるか、そのあたりも気遣っていただきたいと思います。そもそも、まだ病人と決まったわけではありません。本道の心得のある者が診ても、どこの病とはしかと分からなかった。ということは、ただ心身が衰えているだけ、すなわち、本人が寿命だと思いこんでいるだけで、食を改善すればいずれ本《ほん》復《ぷく》する望みもありましょう」

「なるほど、芝居を先に立てるのは本《もと》と末《すえ》が違いますな」

「たしかに、先生の言われるとおり」

二人の隠居はただちに同意した。

「で、わたしはどうすればいいんでしょうか」

いささか困り顔で言うと、時吉は筍《たけのこ》の射込《いこ》み煮を一枚板の客に差し出した。

存分に下茹でをした筍を輪切りにしてくりぬく。そこへ、海老と白焼きをした穴子、さらに若干の野菜を加えてよくたたいたものをていねいに詰める。

これをまただしで煮る。ほんのりと照りが出たら、ようやくできあがりになる。手間暇をかけた一品だった。

「取り皿をどうぞ」

浅めの大鉢に盛ったものを、銘々が取り分けられるようにおちよが皿を出す。料理が引き立つように、青い釉薬《うわぐすり》のかかった皿にした。

「木の芽が彩りだねえ」

「香りづけにもなりましょう」

いますす」

「木の芽を添えるのは薬膳の理にもかなっていまして、筍の苦味を抑える働きをしています」

清斎はまたひとしきり講釈をした。

「それで、長松の父親にはどういう料理がふさわしいでしょうか」

この調子では、なかなか前へ進まない。時吉はまっすぐに斬りこんでみた。

斬りこむといえば、刀の代わりに、堅い樫の木の棒を用意した。うどんを打つときに使うと称し、いまは厨の端にそっと立てかけてある。

剣術ばかりでなく、棒術の心得もある。もし万一、有泉一族の残党が筋違いの仇討ちに現れたなら、この棒で戦い、のどか屋とおちよを守るつもりだった。

(こうして江戸で見世を構えていれば、行く手にどんな敵が現れるか分からない。故郷から来るかもしれない有泉の残党ばかりではない。このあいだの味くらべで、捨てぜりふを吐いて去っていったやつもいる。こののどか屋にひそかに意趣を含んでいる者は、どこにひそんでいるか分からないのだ。

しかし、そんなことを気にかけていても仕方がない。来たら来たで、正面から戦うだけだ。

本当の戦いは、料理人としての勝負だ。

入れかわり立ちかわり、目の前に現れるお客さんに、満足していただける料理をお出しすること。

うまかった、と言っていただけること。

心からの笑顔を引き出すこと。

そういったささやかな戦いが日々続いていく。

で、こたびの戦いは……）

「事情が許せば、わたしが往診に行きたいところですが」

清斎が言った。「なにぶんこちらに患者がたんとおりまして、どうにも身動きがとれません」

「清斎先生にそこまでしていただくわけには」

時吉はあわてて言った。

片倉鶴陵先生は亡くなってしまわれたが、近くに隠れた名医がいるという評判が立ち、清斎のもとへは患者が多く詰めかけるようになった。こうしてのどか屋で息を抜く時を得るのもひと苦労するほどで、とても一日がかりで砂村くんだりまで往診してもらうわけにはいかない。

「ただ、代わりに長松からくわしい話を聞いてもらいたいのです。父親の捨松が、日頃どのようなものを食しているか、いかなる食べ方をしているか、できるだけ微に入り細をうがって聞き出してほしいのです」

「それによって、どんな料理をお出しするか決めるわけですね？」

「ええ。まったく申し分のない食事をしている人はほとんどいないと思います。必ず、何かが足りていません。その足りないものを補ってやれば、にわかに風が吹いて、いままで失われていた気が戻ってくるかもしれません」

「なるほど。時さんの話を聞いて、またしても『倖せの一膳』かと、ちょいと気鬱《きうつ》になっちまったものだがね。そいつは早合点だったかもしれないわけだ」

例の哀しい婚礼の料理を引き合いに出して、季川が言った。

「あれはあれで、料理人冥利ではあったのですが……」

おちよと目が合った。

お互いの思いが、すぐさま通じ合った。

「今度は、ほんとの『倖せの一膳』にしたいものね、時吉さん」

「ええ。せっかくかえり舟に乗って行くんですから、時もむかしに返るような料理をお出しできればと」

「若返りの料理か。そいつはいいね」

「なら、わたしに出してもらいたいくらいだ」

「そりゃまったく」

二人の隠居が声をそろえて言ったから、檜の一枚板の席に和気が満ちた。

ほどなく、清斎の助手がのれんを分けて入ってきた。今日は昼からたまの休みなのだが、どうやら急患らしい。

「では、相済みませんが、わたしはこのへんで」

「ご苦労さまです」

「長松さんの聞き取りが終わりしだい、うちへ書き物を届けてください。さっそく思案しますので」

「承知しました」

医者を送り出すと、そのほかの段取りの相談になった。

なにぶん江戸で八百善に次ぐ料理屋のあるじという触れこみだ。それ相応の恰幅を出さねばならない。そのあたりをどうつくっていくか。

「いずれにしても、供の者がいないとさまになりませんな」

辰蔵が言った。

「あたしだけじゃ足りませんか」

と、おちよ。

「やはり番頭格がおりませんと。砂村なら、庄屋さんにもお目にかかりたいし、帰りにちょいと足を延ばしてやれば、江戸川をさかのぼって醬油の産地の野田で泊まれます」

「ははあ、安房屋さんは半ばあきないですな」

季川が笑う。

「いやいや、あいさつがてらの隠居の漫遊で。ま、とにかく、包丁は握れませんが、番頭とは言わず下足番でもお供させていただきますよ」

「そんな恰幅のある下足番が出てきたら、お客さん、びっくりします」

おちよが目を瞠る真似をしたから、またどっと笑いが起きた。

その後も、とりどりに知恵が出た。

「名のある料亭にはとんとご無沙汰ですが、懐石だと最後に屋号の入った菓子が出たりしますな」

「ああ、それなら、野崎屋《のざきや》の菓子がよござんしょう。饅頭にも押し物にも、『の』と書いてあります。あれを買って、のどか屋の『の』ということにしてしまえばいいんです」

　さすがは隠居の知恵だ。

「お膳はほとんど使ってない本膳用のがあるから、あれを持っていきましょう」

「へえ、そんなのがあるのかい、おちよさん」

「二階にも座敷があるし、さすがにご婚礼は狭くて無理としても、どなたかやんごとなきお客さまがあったときにと、おとっつぁんからもらったのがあるんです」

「そのやんごとなきお客さまがとんとお見えにならないもので、ずっとしまってありますが」

「はは、普通の客で悪かったね。……それにしても、あとを引く味付けだね」

　辰蔵はそう言って、射込み煮をまた一つ口中に投じた。

「初めの一口は、ちと物足りないような気がするんだがね」

　季川も食す。

「だしを濃くしすぎると、詰め物の味がくどくなってしまうもので」

「そうそう。詰め物を一緒に食べると、ほどよい按配になるんだ」

「歯ごたえも、いい具合に按配されるしねえ。うまいことを考えたもんだ」

「なに、物の本に書いてあったので。わたしの手柄では」

時吉はすぐさま内証を見せた。

「でも、こんな凝ったものを出したほうがいいかどうか、悩ましいところだね」

辰蔵が皿を指さした。

「そもそも、田舎家の竈なんかじゃ、できることが限られてきましょうな」

「たしかに。むやみに道具を持っていくわけにもいきませんし」

そのあたりの子細は、とりあえず清斎の意見を聞いてから決めることにした。その日は大まかな道筋だけを決めて一段落となった。


明くる日、いつものように砂村から野菜を卸しにきた長松に、父親の食事の好みについて事細かに聞き出してみた。捨松の具合は一進一退だが、今日あすにも峠という様子ではなく、床には就いているが普通にしゃべれるし、半身を起こしてやれば食事もできるらしい。

「おっかさんが死んでから、おとっつぁん、すっかり気落ちして食が細くなっちまって。それまでは、わりと人並みに食ってたんですが」

「とくに好き嫌いもなく」

「川魚とか、生臭いものはあんまり。干物とかも食わないな」

長松は思案しながら答えた。

その答えを、おちよが紙に書きとめている。朝ののどか屋は、なにやら番所みたいな雰囲気になった。

「おっかさんが亡くなってから、食事はどうしてる？」

「飯はおいらが出かける前に炊いていきます。おとっつぁんは、野菜の丹精には気が入るけど、飯は全部おっかさんに任せっきりだったもんで」

「じゃあ、おかずは？」

おちよが口をはさんだ。

「たまに煮物なんぞのおすそ分けをいただいてますし、漬物はあります。あとは、胡《きゅ》瓜《うり》を塩もみにしたり、味噌をつけて胡瓜をかじったり……」

「胡瓜ばかりじゃないか」

時吉はあきれたような顔つきになった。

「砂村は胡瓜が名産ですから、たんと採れるもので」

「茄子や葱も名産だが」

「おっかさんが生きてたころは、汁の具といったら茄子や葱、それに、うちは蕪や人参もつくってますから、そのあたりばっかりでした」

「いまは？」

「おとっつぁん、面倒臭がって、湯を沸かして茶を呑むくらいで」

「おまえさんも汁はつくらないか」

「へい。朝が早いもので。飯は江戸のどこかで食って、それから葛西舟《かさいぶね》のまねごとをして帰るもので、汁をつくってるいとまがありません」

「あっ、そうか。砂村へのかえり舟は葛西舟か」

「はあ、ちと臭いが……」

長松はいたく申し訳なさそうな顔つきになった。

葛西村から荷を運んできた舟は、江戸で屎尿《しにょう》をくみ取って戻っていく。御城の御用も足すから、しかるべき旗指し物を立て、臭いを撒き散らしながら威張って通る。おかげで、文字どおりの鼻つまみものになっていた。

うかつだった。葛西の近くの砂村に帰るのだから、御城の御用などはないにしても、似たような仕事に手を染めていると考えるべきところだった。

その舟に乗れば、もちろん臭う。

「おちよさん、どうします？」

「うう、舟に乗ったらながめがいいかなと思ってたんだけど……」

「そいつも、ちょっと。大川を渡ったら、小名木川《おなぎ》から砂村川へ入るだけで。そこまで来たら、田んぼと畑ばっかりでさ。道々、汲んできた肥《こえ》を村の衆に渡しながら、ゆっくりゆっくり戻っていくだけで」

「じゃあ、あたしは、留守をしっかりあずかってます」

おちよはあっさり逃げてしまった。

「どうしたって臭いがついちまいますから、おかみさんはそうなすってください」

どこかほっとしたような顔で、長松は言った。

「安房屋のご隠居さんは、嫌とは言いますまい」

「辰蔵さんは、あきない柄、いろんな舟に乗ってるでしょうから」

「ま、帰ったらすぐ湯屋へ」

「そうなすってください。おいらも、臭いが身にたまらないように、よーく行水《ぎょうずい》してまさ」

こうして段取りがまとまった。弥次喜多《やじきた》よろしく、時吉と辰蔵がかえり舟に乗って砂村へ行く。

「ところで、おとっつぁんは白いご飯ばかり食べたりしないかな？」

時吉はさらにたずねてみた。

「いや、そんなぜいたくは」

「なら、江戸やまいじゃないな」

脚気《かっけ》のことを江戸やまいと呼ぶ。江戸に多いこの病については、清斎が一家言もっていた。

江戸の衆は白いご飯を好む。たしかにうまいことはうまいのだが、そればかりを食していたらおのずと栄養が偏ってしまう。むしろ、玄米のほうがいい。白いご飯をもっぱらにするのなら、副菜を十分に付けなければならない、とかねてより説いていた。

しかし、長松の話を聞くかぎり、捨松は江戸やまいとは何の関わりもないようだ。

ともかく、処方は清斎に任せればいい。時吉はなおもしばらく捨松の食事について問いただした。

父の寿命が延びるかどうかの瀬戸際だ。ときには額に脂汗も浮かべながら、長松も懸命に答えた。

「では、このあたりにしておこう」

紙の字が一杯になったところで、時吉は言った。

「ありがたく存じます。これで、おとっつぁんは治りましょうか」

「まずは清斎先生に見ていただいて、どんな料理をつくるか決めよう。すぐ目覚ましい効き目はないかもしれないが、続けることが肝要だ」

「へい。うちは田舎家で、これといった道具もありませんけど」

「つくるものが決まったら、それに合わせて持っていく道具や器を選ぶよ」

「せっかくの物が肥臭くなっちまったら、相済みませんです」

長松がそう言ったから、時吉とおちよは思わず顔を見合わせた。

四

時吉自ら、清斎の医院へ長松の聞き書きを届けたところ、打てば響くような答えが返ってきた。

講釈も長かった。患者は今や遅しとわが番を待っている。申し訳ない気分だったが、心が沈むことはなかった。

「……ありがたく存じました。それでやってみます」

薬膳に関する長い講釈が一段落したところで、時吉はていねいに礼を言って清斎のもとを辞した。

その足で竜閑町の安房屋を訪れた。いきさつをひとわたり述べると、辰蔵は笑って答えた。

「いままでいろんな舟に乗ってきました。葛西舟にも乗ったことがありますよ。ま、ちいとの辛抱ですから」

逆にそう言われてしまった。

「銚子の沖で時化《しけ》に遭って、舟が難破しそうになったことがあります。あのときはもう生きた心地がしませんでしたよ。あれに比べたら、肥臭いのなんて、それこそ屁の河童です」

「そう言っていただければ幸いです」

「わたしゃ番頭ですから、もっと偉ぶったしゃべり方をしてくださいよ。なにしろ江戸で二番目の料理屋のあるじだ。つんとすましておいでなさい」

芝居の注文までついた。

「付け焼き刃では、なかなか威儀は出せませんが」

「元はお侍といっても、羽振りのいい料理屋のあるじの恰幅ってのは、また違いましょうからね」

「ええ」

「安房屋にあるものも、できるだけ出しましょう。提灯に長持、そういったものがありゃ、まことらしく見えるでしょう。うちの屋号は丸に二の字。これをのどか屋さんの屋号ってことにしていただけば、平仄に狂いはなかろうかと」

「ありがたく存じます。では、お借りすることにしましょう」

かくして、準備万端整った。

動くのは早いほうがいい。次ののどか屋の休みの日、にわか仕立ての主従は砂村へのかえり舟に乗りこんだ。


わずかに白い釉薬のかかった青い大皿のような空だった。

日の光を楽しげに弾いて、水が流れていく。そのさざめきのなかから、あまたの喜びの鳥がいまにも飛び立ちそうな風情だ。

影が伸びる。舟の上の人々の影が光りさざめく水面《みなも》で揺れる。

だが、よく見ると、顔のあたりが妙なかたちになっていた。舟に乗っている主従とおぼしい客は、どちらも頰被《ほおかむ》りをしていた。

一つは、面体を隠すため。いま一つは、もちろん臭い封じだ。

「思ったより人目につきますな、旦那様」

番頭に身をやつした安房屋が小声で言った。

「川岸から、もういくたびも指をさされましたよ」

時吉が答える。

べつに羽織袴に威儀を正して来たわけではない。いつもの動きやすい衣装だ。辰蔵もさほどのよそいきではない。

それでも、屎尿を汲み取る葛西舟に物々しい長持などを積みこんで揺られていれば、おのずと目に立つ。すわ何事ならんと目を瞠り、指をさした者は少なくなかった。

「相済みません。もうちょっとで田畑になりますんで」

長松が耳聡《みみざと》く聞きつけ、申し訳なさそうに言った。

「なんの。手伝いもせず、こちらこそすまないね」

と、辰蔵。

「とんでもねえ。江戸で指折りの料理屋の人たちが肥臭かったら、こいつはまったく洒落になりませんから」

長松がそう答えると、一緒にかえり舟を動かしている若者が笑った。どちらも気のいい男だ。

「急がずともいいからな」

時吉も声をかけた。

「へい。いろいろと回るとこがあって、すまねえこって」

かえり舟は忙しい。初めはさっぱりしたものだが、徐々に肥が溜まっていく。重くなった体でゆっくりと東へ進み、なじみの農家で溜まったものを下ろしていく。考えてみれば、人体のようなものだ。

小名木川の新高橋をくぐってしばらく進むと、右手に田畑が開けてきた。まもなく右へ折れ、砂村川に入る。ここまで来ると、もう指をさす者はいない。八衛門新田、海辺新田、そして、砂村新田。新田と名のつく田畑で折にふれて肥を下ろしながら、かえり舟は家路をたどっていく。

「この先ずっと、平井まで続いてまさ」

長松が行く手を示した。

「帰りは江戸川まで行きたいんだがね。今夜は野田で泊まる腹づもりなんで」

辰蔵が言うと、もう一人の若者が、打てば響くように「そこまでだったら、舟を出しましょう」と申し出た。

「そうしてくれるとありがたいね。あとはわたしの顔でどうにでもなるから」

さすがは関八州の醬油酢廻りだ。

風向きによって、思いがけなく潮の香りが漂ってくるが、海はたまさか遠くにほの見えるばかりだった。出雲、越前、美作《みまさか》と国は違うが、同じ松平《まつだいら》姓の藩の抱屋敷《かかえやしき》が続いている。建物が途切れた向こうは、いちめんの萱《かや》だ。さらにその向こうに、白磁の皿のようなものがときおり見える。それが海だった。

左手のほうはごく当たり前の田畑の景色で、ぽつんぽつんと百姓家が建っている。寺はあるが、これまたいたってこぢんまりとしたものだった。

「ああ、見えてきました。あれでさ」

長松は行く手を指さした。ただし、どれが家なのか、遠すぎてにわかには見分けがつかない。

ほどなく、かえり舟は止まった。もう一人の若者が辰蔵を迎えにいく頃合いを相談してから去ると、長松の先導で細い道を歩きだした。

「おーい、どうしたい？」

向こうのあぜ道から、声があがった。

「江戸から料理人さんを呼んだんで。おとっつぁんに精のつくものを食わしてやろうと思ってな」

辰蔵とともに長持を運びながら、長松が答えた。

「そいつぁ豪儀だな。おとっつぁんも持ち直すだろうよ」

「だといいんだがね。ありがとよ」

「料理人って、どこの見世の人だい？」

「のどか屋の時吉さんだ。江戸じゃ、八百善の次に名が響いてるんだよ。おいら、野菜を卸してるもんで、そのよしみで、もったいねえことに来てくだすったんだ」

「へえ、のどか屋……そう言や、聞いたことがあるな」

向こうの農夫が知ったかぶりをしてぼろを出したから、時吉は苦笑いを浮かべた。

だんだん家が近づいてきた。遠目には粗末なあばら家に見えたが、意外にそうでもなかった。むろん立派な造りではないが、道々見かけたまわりの家よりは、よほど福々しかった。

捨松が生涯をかけて仕事に精を出してきたおかげだ。よその畑で育たなかった種も、捨松の土なら売り物になったと息子から聞いた。その家にいまから入ろうとしていると思うと、時吉は妙な緊張を覚えた。

（例の味くらべでも、このような心の臓の高鳴りは覚えなかった。

あれは遊びだったからだ。

いかにやんごとないお方……と思われる人がお忍びで来ていても、せんじつめれば、ただの余興だ。人の生き死にとは何の関わりもない。

しかし、こたびは違う。

捨松は寿命と決まったわけではない。そのいのちを延ばすための料理をこれからつくらねばならない。

そう思うがゆえに、かくも胸が痛むのだろう)

時吉はそう詮じつけた。

「いま帰《けえ》ったよ、おとっつぁん。江戸で一番の料理人さんを連れてきたぜ」

いつのまにか、話がさらに大きくなっている。

「あいや、そのままで」

うめくような返事をして身を起こしかけた捨松を、辰蔵が手を挙げて制した。

「どうかお楽になすってくださいまし。わたくしは神田三河町の料亭・のどか屋の一の番頭で、辰蔵と申します。息子の長松さんには日頃より、手前ども、大変お世話になっております。こちらの畑から採れる野菜は、とにかく甘《あも》うございましてな。お客様がたからも、ご好評を頂戴しております。こたびはその御礼に、主人自らまかりこした次第で。江戸で一、二を争うとの評判の料理を存分にご賞味されて、どうか精をつけてくださいまし」

さすがにあきんどで、立て板の水の口上を終えると、辰蔵は身ぶりよろしく時吉を示した。

「のどか屋の時吉と申します。よしなに」

こちらのあいさつは短かった。

しゃべるほうはすべて辰蔵に任せ、時吉はさっそく竈などの検分に入った。蒸し器はあったが、穴の大きなぞんざいな造りだった。湯を入れて暖を保つことができる長鍋や焼き物の大根おろしなどは、久しく使っていないのかほこりをかぶっている。

時吉が検分したのは、そういった道具ばかりではなかった。捨松の顔色もよく見た。もしや死相が浮かんでいたらと案じていたが、もちろん血色は芳しくなく痩せ細ってはいるが、そこまで押し迫った様子には見えなかった。

(大丈夫だ。

まだまだいける。

清斎先生と相談したとおりの道を進めば、今度こそ「倖せの一膳」にすることができるだろう)

時吉は意を強くした。

あの「倖せの一膳」も、料理人としては悔いのないものをつくることができた。

だがしかし、本当は、生きてこその料理だ。人を生かしてこその料理だ。

それをつくりたい、と時吉は念じた。

火をおこし、畑で採れたばかりの野菜の皮を剝いて切る。何をつくるかは、辰蔵と長松にはすでに伝えてあった。

初めの料理ができあがるまで、いささか間がある。そこで、まず持参した料理を食べてもらうことにした。

「さ、おとっつぁん」

長松が父の身を起こしてやった。

よそいきの鉢に盛られていたのは、仁つや玉子だった。彩りにいんげんの煮物も添えてある。

「江戸で一、二を争うのどか屋の名物料理の一つでございます。この仁つや玉子を食するために、わざわざ東海道を下ってくる方もおられるとか。ありがたや、ありがたや」

辰蔵は両手を合わせて拝みだした。

「玉子をいっぱい使った、精のつく料理だ。さ、食いな」

長松が指でつまみ、父の口へ運んでやった。

「うめえ……」

ゆっくりと咀嚼《そしゃく》した捨松が言った。
細い声だが、それは時吉の耳にもたしかに届いた。
「たんと食いな、おとっつぁん」
「この仁つや玉子を食すためにお客様が遠方から見えるのには、わけがございまして
な。その名のいわれになった仁蔵さんとおつやさんの物語はあいにく長いもので、や
むなくはしょらせていただきますが、なんにせよ、この仁つや玉子を一つ食せば一年《ひととせ》
寿命が延びる、そういう願が懸かっているというもっぱらの評判でしてなあ。ありが
たや、ありがたや」
辰蔵はうまい調子で、まことしやかな講釈を続けた。
「そいつは良かった。おとっつぁん、食いなよ。もう一年……もう一年、延ばそうぜ。
おっかさんは、どこへも行かずに待ってるからよう。いつもそうだったじゃねえか。
おいらとおとっつぁんが畑へ出てるあいだ、飯をつくってここで待っててくれたじゃ
ねえか。あれとおんなじだよ。ほら、もう一年……おとっつぁん、食いな」
口上の話は打ち合わせてあったのに、長松は涙声になった。
「ありがてえ……」
時吉のほうを拝んでから、捨松はまた一つ仁つや玉子を食した。

時吉は次の料理の段取りを始めていた。人参と大根を薄くかつらむきにしていく。

「東西東西《とざいとうざい》！」

　また辰蔵の口上が入った。

「江戸で一、二を争う手だれの料理人が繰り出せる秘技にございます。ただの人参が、そして大根が、さながら紙のごとくに薄く引き伸ばされてまいります。驚くべし、向こう側がほんのりと透けて見えましょう？　この技を使える料理人は、大江戸八百八町広しといえども、三河町ののどか屋のあるじくらいでございましょうぞ」

　知らぬのをいいことに、辰蔵は大嘘をつきだした。

　ひとかどの料理人なら、だれもができる技だった。実のところ、時吉はあまりかつらむきが得手なほうではない。早い者よりずいぶん時がかかってしまう。本当はおちよのほうがうまいくらいだ。

　にもかかわらず、この技を披露しているのは、料理の段取りだからだった。時吉がつくろうとしているのは、縁起物の料理だ。人参の赤と大根の白で紅白になるというばかりではない。

「鮮やか、鮮やか。のどか屋のかつらむきは、人参一本で長く伸びてかの永代橋をも渡るという、もっぱらの評判でございます。長さ百二十間余の橋を荷として渡る人参は山ほどありましょうが、薄く伸びて渡るのはのどか屋のものだけでございましょう」

辰蔵が調子に乗ってとんでもないことを言い出したから、思わず手元が狂った。

「あっ」

長松が声をあげた。

永代橋を渡るはずのかつらむきの人参は、あっけなく切れてしまった。

「あはは、弘法も筆の誤り、猿も木から落ちると申します。滅多に見られぬものをごらんになれて、こいつは春から、いや、もう青葉の季《とき》ですが、とにかくまあ縁起のよろしいことで」

と、辰蔵は強引にまとめてしまった。

そうこうしているうちに、最初の料理ができあがった。

竃から下ろし、座敷に運ぶ。

「おとっつぁん、できたよ」

「ああ……」

「お待たせいたしました」

時吉は蓋を取った。

ふわっ、と湯気が立ちのぼり、そのあたたかさの中から色と形が現れる。

中身は、人参と蕪。

時吉がつくったのは、捨松が丹精してきた畑で採れた野菜を蒸籠でただ蒸しただけの料理だった。

「うめえ」

と、捨松は言った。

「うめえか？」

息子が訊く。

「ああ……蕪がこんなに甘えとは、いまのいままで知らなんだ」

捨松の声には、少しばかり力が戻っていた。

「目の細かな蒸籠で蒸せば、気が逃げません。野菜の内側から、じんわりと甘みが引き出されていきます。それはまた、気と体を養う素にもなります。捨松さんに欠けていたのは、その素なのです」

清斎から聞いてきたことを、時吉はかんで含めるように伝えた。

「連れ合いに先立たれてから、捨松さんの食事はずいぶんと偏るようになってしまいました。毎日、胡瓜ばかり食べていたら、おのずと体が冷えてしまいます。体と気の秤《はかり》が寒《かん》のほうへ振れて戻らなくなってしまったために、こうして床に就く羽目になってしまったんです。あたたかいものを食べて、秤を元に戻してやらなければなりません」

「おいら、もっと早く気がつきゃよかったんだ。すまねえ。……さ、ちょいと山椒塩をつけて食ってみな。もっと甘くなるから。人参もどうだい、おとっつぁん」

長松がすすめる。

「甘え……人参も甘えな」

ていねいに蒸されてほくほくしたものを、捨松は口に運んだ。

年寄りゆえ、歯もあまり丈夫ではなかろう。そう思い、ことに時をかけて蒸してきた人参だ。

かめば、ほろっと崩れる。崩れて口いっぱいに甘みが広がる。

「蒸籠は土産に置いていきます」

次の料理をつくる手を動かしながら、時吉は言った。

「野菜を切って蒸籠に入れ、湯を沸かして上に置くだけです。少し動けるようになれば、一人でできるようになるでしょう。それまでは……」

「おいらがつくってやるよ、おとっつぁん」

長松が笑顔を見せた。

「毎日、つくってやるよ。おっかさんみてえにな」

「続けることがなにより大事です。今日、この蒸し物を食べたからといって、ただちに明日から動けるようになるわけではありません。長いあいだにこじれてしまった糸は、また長い時をかけてゆっくりゆっくり元へ戻していくしかないのです。そのために、蒸籠を置いていきます。職人が竹で編んだまるい蒸籠の中で、人参や蕪や芋などは蒸されて少しずつ変わっていきます。野菜に備わっている養いの素がだんだんにじみ出てくるのです。それを毎日味わってみてください。糸は切れたわけではない。ただこじれただけです。そう思って、養生につとめてください」

時吉がそう言うと、捨松は両手を合わせた。

言葉にはならなかった。ただ拝んだだけだった。

次の料理ができた。

これもありふれた料理だった。人参と大根の金平《きんぴら》だ。

ただし、細さが違った。かつらむきにした人参と大根をせん切りにして炒める。ありふれた棒状のものよりずいぶんと細くなることによって、食感が嘘のように変わる。

その手間を味わう料理とも言えた。

「この先も、細く長く、つつがなく暮らせるようにとの願いをこめて、つくらせてもらいました」

時吉が言った。

「ありがてえな、おとっつぁん」

長松が口元に運んでやる。

「普通の醬油だと色がついてしまって紅白になりませんから、白醬油を持ってまいりました」

辰蔵が講釈を始めた。「味醂も流山《ながれやま》の特上のものを使っています。たかが醬油と味醂でも、組み合わせによっていかようにも千変万化します。なかなかに奥が深いものですな」

そう言いながら、小皿にそっと取り分けてもらった金平をつまむ。

人参と大根ばかりではない。はらりと振られた白胡麻と輪切りの赤唐辛子も、紅白の彩りだ。

「うまい」

隠居が言えば、

「うめえ……」

と、老人も和した。

「ありがたく存じます」

さらに手を動かしながら、時吉は礼をした。

最後につくったのも、とくに凝ったものではなかった。

芋田楽だ。

「ただの田楽と侮るなかれ。のどか屋の秘伝のたれをかければ、江戸じゅうの人々の垂涎《すいぜん》の一品に変わるのです」

辰蔵がまた話に下駄を履かせる。

それはたしかにのどか屋の秘伝のたれだが、元をたどれば違った。

紅葉屋のたれだった。

娘料理人が腕を奮《ふる》う見世は、その後も繁盛していると聞く。

「おらあ、もう、胸が一杯で……」

捨松はゆっくりと手を挙げた。

「腹に入らねえか」

「ああ」

心なしか、老人の顔には血の気が増したように思われた。

「あまり長く体を起こしていると大儀でしょう。無理をせず、じっくりと治していきましょう」

時吉はまた清斎の言葉を伝えた。

「さ、おとっつぁん、精のつくうまいもんを食ったから、安心して寝てな」

「ああ、ありがとよ」

「なんの。ちったぁ孝行をしないとな」

そう言って捨松の体をあお向けにしてやると、長松は残った料理に目をやった。

「なら、田楽はおいらが食いましょう。好物なもんで」

「ああ、たんと食ってくれ」

「へい」

「そうそう、屋号入りの菓子もあった」

時吉は辰蔵の顔を見た。

「のどか屋の『の』が入ってる菓子ですな。江戸ではなによりの土産物だと、大変に喜ばれております。甘くてほおが落ちそうなのもさることながら、病平癒《へいゆ》の願も懸かっておりますゆえ、まことにもって一石二鳥でございます」

捨松の耳にも届くような声で、辰蔵はまた口から出まかせを並べたてた。

「うめえ」

長松は芋田楽に手を伸ばした。

「ほんとにうめえや、このたれをつけて食ったら。ただの芋が、なんか違うもんに化けちまう」

顔をほころばせながら平らげていく。

「たれの入った壺は置いていくわけにはいかないから、本復したら舟に乗って親子で来てくれ」

「ありがたく存じます」

長吉は礼を言って、指についたたれをねぶった。

捨松はまだ起きていた。息子に続き、目だけで礼を言う。

その様子を見ていた辰蔵が近づき、時吉に向かってささやいた。

「倖せの一膳になったね、時さん」

もう芝居はしていなかった。素の顔に戻っていた。

五

「かえり舟は、いいほうへ流れだしましたね」

清斎がそう言って、鰹のたたきの皿に箸を伸ばした。

「先生のおかげです。危うく海へ流れ出て、帰れなくなってしまうところでした」

時吉が言う。

「くれぐれも清斎先生によしなに、と長松さんが」

おちよも和す。

長松はけさ、いつものように砂村から野菜を運んできた。そのなかに、胡瓜がひと笊《ざる》入っていた。聞けば、捨松が畑で採ってきたものらしい。

「できうるかぎり食で治せ、とわが師から教わりました。正しい食を摂《と》っていれば薬いらずです」

欲のない医者は、付け合わせのものも口に運んだ。

火取《ひど》った鰹のたたきの皿には、茗荷《みょうが》の剣《けん》を初めとするさまざまな付け合わせが盛られているが、なかでも目を引くのは松をかたどった飾り切りの胡瓜だった。長松が運んできた胡瓜に、おちよが包丁を入れたものだ。

「こたびは敵役でしたが、この食材も心得て食べれば体を生かします」

こりっ、といい音がした。

「それにしても、お芝居が全部見抜かれていたとはねえ」

わずかに苦笑を浮かべたのは、安房屋辰蔵だ。

「安房屋さんのせいじゃありませんよ。話を聞いたかぎりじゃ、捨松さんの勘ばたらきが鋭かったんで」

隣に座った季川も鰹に箸を伸ばした。

子細は、こうだった。

あれほど熱を入れて芝居をしたというのに、捨松はだまされていなかった。

妙に耳学問のある捨松は、初めから不審を抱いていた。江戸で一、二を争う料理屋に息子が野菜を卸しているのがまことだとしても、かえり舟に乗って肥とともに運ばれてくるのは、いかにも腑に落ちない。そういう料理屋なら自前の舟くらいはあるはずだし、もしなくてもべつの舟に乗ってくるだろう。

動かぬ証しとなったのは、屋号だった。たしかに押し物の菓子には「の」という屋号が入っていたが、長持に記されていたのはべつの屋号だった。どうも平仄が合わない。

「いやいや、過ぎたるはなお及ばざるがごとし、ですよ。わたしもちと、『江戸で一、二を争う』と言い過ぎました。本当に江戸で一、二を争ってる料理屋さんは、もそっと乙にすましてますからなあ」

辰蔵は頭に手をやった。

「まあ、でも、捨松さんは喜んでたみたいだし」

おちよがなだめる。

「そりゃ、そうさ。長松さんの孝行の気持ちが痛いほど伝わっただろうし」

と、季川。

「なんにせよ、畑へ出られるようになったのは重畳《ちょうじょう》です。かえって無理をせぬように舟をゆるめたほうがいいくらいでしょう。……お、養いの素がまたできましたな」

医者は目を細くした。

ちょうど時吉が蒸籠の蓋を取ったところだった。のどか屋の厨に、ふわっと湯気が立ちのぼる。

「それも？」

辰蔵が短く問う。

「ええ。長松が運んできてくれたものです。まだ熱いですから、お気をつけて」

蒸籠のまま、時吉は慎重に一枚板の席に運んだ。

「こりゃ、いい色だ」

「いのちの赤だね」

「ほんに、食えば食うほどに寿命が延びそうですな」

口々に声が飛んだ。

蒸籠の中身は人参だった。捨松と長松、親子二代にわたって丹精してきた畑で採れた人参が、蒸されてつややかな赤に染まっている。

まだ湯気を立てているそれにちょいと塩をつけ、常連たちはふうふうしながら口に運んでいった。

「……湯気の向こうに、浄土が見える」

どこか歌うように、おちよが言った。

「見えるね」

「見える」

二人の隠居が短く答えた。

その浄土は、あの世ではない、と時吉は思った。

（ここが、浄土だ。

生きているところ、こうして暮らしていられるところが浄土だ。

浄土は遠い西方《さいほう》にあるわけじゃない。どこにだってある。

江戸で一、二を争うどころか、のどか屋はこんなに小さな見世だけれど、お客さんにとっての浄土になるようなところにしなければ……）

満足そうに人参を食べている常連客の顔を見ながら、時吉はそう思った。

「さて、かえり舟はめでたく戻ったことだし……こたびの首尾をふまえて、ここで一句どうだい、おちよさん」

季川がやにわに水を向けた。

こうやって弟子を試すのも、隠居の楽しみの一つだ。

「そうこなくちゃ」

と、辰蔵。

「よっ、おかみ、見せ場だぜ」

小上がりの座敷からも声が飛ぶ。

「えー、いきなり幕が上がっちゃって……」

おちよは手を動かしている時吉のほうを見た。

蒸し物を出すのは一枚板の客ばかりではない。長松が届けてくれる砂村の野菜はもともと評判だし、今日はひとくさり清斎の講釈もあった。養いの素をわれもわれもと手を挙げたから、蒸籠は大忙しだ。

「さて、頃合いで」

時吉が蓋を取ると、またふわりと湯気が立ちのぼった。

それを見たとき、おちよの心に、だしぬけに言葉が流れてきた。

「おっ、できたね」

弟子の顔つきを見て、季川が言った。

「できました」

笑顔を浮かべ、矢立を取り出す。

ややあって、句がこうしたためられた。

　のどか屋の湯気の中なる浄土かな

「あれっ、でも、季語がないわ」

やや頓狂な声でおちよが言ったから、笑いの花が一度に咲いた。

「まあ、季語がなくたっていいだろう。芭蕉翁だって、季のない俳句をつくってるんだから」

「湯気は冬の季語なのでは？」

辰蔵が問う。

「いや、どうだろうかねえ……四季を通じて立つものだから、冬に限ってしまうと、春や夏や秋の湯気が黙ってないかもしれないねえ」

季川は妙な言い方をした。

「それに、いまはわたしの季節ですから」

清斎がわが胸を指さす。たしかに、「青葉」の季節だから、湯気が冬の季語ならまるで違ってしまう。

「あっ、季語、見つけた」

おちよがやにわに手を拍《う》った。どこか童女のようなしぐさだった。

「どこにあります？　おちよさん」

時吉はたずねた。

「ほら、初めに大きく書いてあるじゃないですか」

おちよは半紙のあるところを示した。

のどか屋、と記されている。

「のどか屋が、季語？」

時吉はややいぶかしそうな顔になった。

「ええ。春夏秋冬、小料理のどか屋では、その季に合った料理をお出しします。だから、どの季でもいいんです」

「なるほど、のどか屋は万能の季語か」

「そいつはいいね」

二人の隠居は声をそろえた。

「それで、ここへ来れば浄土が見える、と」

「結構だねえ」

また一つ、蒸籠が蒸しあがった。

穏やかな笑みを浮かべておちよの顔を見ると、時吉は蓋を取った。

また一つ、湯気の中から、ほっこりと浄土が現れた。

色と形が定まる。

人参の赤は、したたるように鮮やかだった。

時代小説

二見時代小説文庫

倖《しあわ》せの一膳《いちぜん》　小料理《こりょうり》のどか屋《や》　人情帖《にんじょうちょう》2

著者　倉阪鬼一郎《くらさかきいちろう》

発行所　株式会社　二見書房
東京都千代田区三崎町二－一八－一一
電話　〇三－三五一五－二三一一［営業］
〇三－三五一五－二三一三［編集］
振替　〇〇一七〇－四－二六三九

印刷　株式会社　堀内印刷所
製本　ナショナル製本協同組合

落丁・乱丁本はお取り替えいたします。
定価は、カバーに表示してあります。

ISBN978－4－576－11039－4
http://www.futami.co.jp/

人生の一椀 小料理のどか屋 人情帖1
倉阪鬼一郎［著］

もう武士に未練はない。一介の料理人として生きる。一椀、一膳が人のさだめを変えることもある。剣を包丁に持ち替えた市井の料理人の心意気、シリーズ第1弾！

居眠り同心 影御用 源之助 人助け帖
早見 俊［著］

凄腕の筆頭同心がひょんなことで閑職に――。暇で暇で死にそうな日々にさる大名家の江戸留守居から極秘の影御用が舞い込んだ。新シリーズ第1弾！

朝顔の姫 居眠り同心 影御用2
早見 俊［著］

元筆頭同心に御台所様御用人の旗本から息女美玖姫探索の依頼。時を同じくして八丁堀同心の不審死が告げられた。左遷された凄腕同心の意地と人情。第2弾

与力の娘 居眠り同心 影御用3
早見 俊［著］

吟味方与力の一人娘が役者絵から抜け出たような徒組頭次男坊に懸想した。与力の跡を継ぐ婿候補の身上を探れ！「居眠り番」蔵間源之助に極秘の影御用が…！

犬侍の嫁 居眠り同心 影御用4
早見 俊［著］

弘前藩御馬廻り三百石まで出世した、かつての竜虎と謳われた剣友が妻を離縁して江戸へ出奔。同じ頃、弘前藩御納戸頭の斬殺体が江戸で発見された！

間借り隠居 八丁堀 裏十手1
牧 秀彦［著］

北町の虎と恐れられた同心が、還暦を機に十手を返上。その矢先に家督を譲った息子夫婦が夜逃げ。間借りしながら、老いても衰えぬ剣技と知恵で悪に挑む！

侠盗五人 世直し帖 姫君を盗み出し候
吉田雄亮［著］

四千石の山師旗本が町奉行、時代遅れの若き剣客、侠客見習いに大盗の五人を巻き込んで一味を結成！ 世直し、人助けのために悪党から盗み出す！ 新シリーズ！

大江戸三《さん》男《おとこ》事件帖 与力と火消と相撲取りは江戸の華
幡大介［著］

欣吾と伝次郎と三太郎、身分は違うが餓鬼の頃から互いに助け合ってきた仲間。「は組」の娘、お栄とともに旧知の老与力を救うべくたちあがる…シリーズ第1弾！

仁王の涙 大江戸三男事件帖2
幡大介［著］

若き三義兄弟の末で巨漢だが気の弱い三太郎が、ひょんなことから相撲界に！ 戦国の世からライバルの相撲好きの大名家の争いに巻き込まれてしまった…

夜逃げ若殿 捕物噺 夢千両すご腕始末
聖龍人［著］

御三卿ゆかりの姫との祝言を前に、江戸下屋敷から逃げ出した稲月千太郎。黒縮緬の羽織に朱鞘の大小、骨董目利きの才と剣の腕で江戸の難事件解決に挑む！

剣客相談人 長屋の殿様 文史郎
森詠［著］

若月丹波守清胤、三十二歳。故あって文史郎と名を変え、八丁堀の長屋で貧乏生活。生来の気品と剣の腕で、よろず揉め事相談人に！ 心暖まる新シリーズ！

狐憑きの女 長屋の殿様 剣客相談人2
森詠［著］

一万八千石の殿が爺と出奔して長屋暮らし。人助けの万相談で日々の糧を得ていたが、最近は仕事がない。米びつが空になるころ、奇妙な相談が舞い込んだ……。

二見時代小説文庫

日本橋物語　蜻蛉屋お瑛
森　真沙子［著］
この世には愛情だけではどうにもならぬ事がある。土一升金一升の日本橋で店を張る美人女将が遭遇する六つの謎と事件の行方……心にしみる本格時代小説

迷い蛍　日本橋物語2
森　真沙子［著］
御政道批判の罪で捕縛された幼馴染みを救うべく蜻蛉屋の美人女将お瑛の奔走が始まった。美しい江戸の四季を背景に人の情と絆を細やかな筆致で描く第2弾

まどい花　日本橋物語3
森　真沙子［著］
〝わかっていても別れられない〟女と男のどうしようもない関係が事件を起こす。美人女将お瑛を捲き込む新たな難題と謎…。豊かな叙情と推理で描く第3弾

秘め事　日本橋物語4
森　真沙子［著］
人の最期を看取る。それを生業とする老女瀧川の告白を聞き、蜻蛉屋女将お瑛の悪夢の日々が始まった…なぜ瀧川は掟を破り、触れてはならぬ秘密を話したのか？

旅立ちの鐘　日本橋物語5
森　真沙子［著］
喜びの鐘、哀しみの鐘、そして祈りの鐘。重荷を背負って生きる蜻蛉屋お瑛に春遠き事件の数々…。円熟の筆致で描く出会いと別れの秀作！叙情サスペンス第5弾

子別れ　日本橋物語6
森　真沙子［著］
風薫る初夏、南東風と呼ばれる嵐が江戸を襲う中、二人の女が助けを求めて来た……。勝気な美人女将お瑛が、優しいが故に見舞われる哀切の事件。第6弾

やらずの雨　日本橋物語7
森　真沙子［著］
出戻りだが病いの義母を抱え商いに奮闘する通称とんぼ屋の女将お瑛。ある日、絹という女が現れ紙問屋若松屋主人誠蔵の子供の事で相談があると言う。